DENMA

THE QUANX
18

양영순

네오카툰

다이크

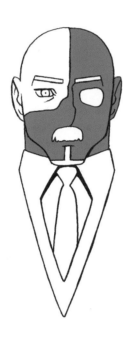

좋아. 현재 우라노에서 우리 뒷조사를 하고 있는 이 친구들.

모두 행성 출입국의 허가 없이 들어와 있는 상황.

글쎄… 누군가 내 이름을 쓰나 본데 나랑은 관계없어.

치사한 놈이네. 내게 술 한 잔도 안 사주고 그런 짓을…

회사 임원들이 전부 노숙자…

명의를 도용한 유령회사라… 조사할수록 배후가 더 궁금해져.

회사 재무표를 추적하다 보면 소유주 정체가 드러나기 마련인데

어느샌가 흔적이 사라져버려. 만만치 않은 놈들이야. 대체 목적이 뭐지?

치

응?

왜?

펍

펍

털썩

……

우리가 쏴 올린 방위 위성이 이제야 제 몫을 하는군.

우린 8우주 행성 간 출입법에 따라 합법적인 처리를 했어.

이제 놈들이 어떻게 나오는지 보자고.

7

우리가 그런 반응을 지켜볼 만한 여유가 생긴 건

견자단이 몰살된 덕분이야.

이번에 놀란 건 백경대란 조직의 전투력.

행여라도 그것들과 충돌할 일이 생긴다면 각별히 주의해야겠어.

덕분에 엘가와 귀족연합을 분열시키려는 의도가 바로 적용되겠어.

이제 그 둘의 화력 수준이 비슷하게 됐으니까.

먼저 귀족연합이 엘가의 이주 의도를 의심하기 시작 하겠지.

제 가족들까지 납치되는 상황에서도 엘시티 거주민들은 모두 무사할 테니까.

마침 집단 이주 때 오돔이 하즈를 잠시 의심했었잖아.

자기들 몰래 엘가와 우리가 비밀 계약을 맺었다고 판단하고

납치 문제로 인장 판매까지 급감하니 엘을 공공의 적으로 선포하고 조치를 취할 거야.

여기에 하즈는 변명을 늘어놓겠지만 가족의 실종으로 그들이 이성적인 판단을 할 여유는 없지.

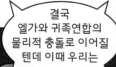

결국 엘가와 귀족연합의 물리적 충돌로 이어질 텐데 이때 우리는

행성 네트워크로 거짓 정보를 흘려보내 서로가 일찍이 없었던 불구대천의 원수가 되도록 도와야지.

앞으로 한 달 뒤면 우라노 귀족들의 공멸이 시작될 거야.

그것들이 없어져야 우리도 평의회로부터 보다 안전해져.

......

......

흐음…

......

정말 너무한다.
우라노에 왔다면서
어떻게 내게 전화
한 통화 없어?

테이, 너…
진짜로 나에
대한 마음을 완전히
접었구나.

......

그래, 관두자.
네 마음이 그렇다는데
난들 어쩌겠냐?

다치지 말고
잘 살아.

와, 맛있는 냄새…
저녁 만들었어? 메뉴가
뭐야?

어서 와.
식사 안 했지?
데워줄게.

!

으음… 맛있다.

날 위해 만들다니…
웬일이래?

9

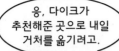

응, 다이크가 추천해준 곳으로 내일 거처를 옮기려고.

아…

그동안의 보답으로 만들어봤어. 맛있다니 다행이다.

그래, 결정 잘했다. 너라면 거기서도 잘 지낼 거야.

식사 다 끝나면… 우리 간단히 맥주 한잔할래?

그렇게… 테이랑은 완전히 끝났지. 각자 갈 길이 다르니까. 잘 지내길 바랄 뿐이고…

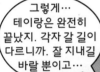

그랬구나…

두 가지 생각이 들어. 우선 좋은 인연 끝나 유감이고,

내가 두 사람 관계에 직접적인 영향을 준 게 아니라니 다행이고.

아무렴. 그건 자의식 과잉이다요. 네가 뭘 잘못했는데? 내가 먼저 추근 댔는걸.

……

……

다이크에게… 마지막으로 부탁이 하나 있어.

오케이! 내가 할 수 있는 범위의 일이라면 노력해볼게. 뭡니까?

……

네가 말했던 내 씩씩함, 그건…

내 특성이라기 보단 살고자 하는 방향성인데… 주변이 바뀌면서 잠시 잊고 있었어.

내 경우에 그런 태도를 지향하게 된 건…

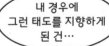

어릴 때부터 주변에서 봐왔던 많은 죽음 때문이야.

10

어제 같이 웃던 사람이 오늘은 더 이상 없는 일을 숱하게 겪으면서

죽음이 늘 내 주변을 맴돌고 있다고 느꼈거든.

그렇게 생각하니까 순간순간이 내게 너무 귀하고 소중한 거야.

바로 그게 내가 열심히 내며 사는 원동력이었어.

엊그제… 네게 죽는다는 데바림의 예언을 듣게 됐잖아.

갑자기 막연하던 죽음이 다이크의 모습으로 내 앞에 등장한 거야.

그런데 막상 눈앞의 현실로 자각되니까 가라앉은 기분과 합쳐져 꼼짝을 못 하겠더라고.

네 앞에선 애써 태연한 척했지만 사실은 너무 무서워서 잠들 수도 없었어.

그러다 문득 내 숨소리가 들렸지.

그래, 난 지금 살아 숨 쉬고 있어. 내가 이 귀한 시간들을 왜 공포로 놓치고 있는 거지?

어차피 결과가 똑같다면 데바림의 예언 따위 내가 알 게 뭐냐고?

내가 집중해야 할 건 언제일지 모르는 죽음이 아니라 숨 쉬고 있는 지금이잖아!

이 무의미한 불안을 떨치고 싶어! 다이크의 모습으로 내 앞에 앉아 있는 죽음아, 네가 주는 두려움을 극복하고 싶다고!

다시 씩씩한 나로 돌아갈 거야! 우리 한번 하자!

컥…!

11

예?

그… 그랬군요. 파견된 백경대원들이 요 며칠 안 보인다 했더니…

이… 이제 어쩌죠?

초상화는 이번에도…

다시 제작이 가능할까요?

물론입니다… 만 고산 공작님께서 이런 상황을 반기실지…

귀한 선물이니 그만한 시간이 드는 건 당연합니다.

… 그렇게 말씀 드릴 테니 작업해 주시지요.

송구합니다.

그럼, 이만…

턱

맙소사, 백경대원 단둘이서 견자단 전체를…?

경호대 화력이 그 정도일 줄은…

내가 대체 뭘 믿고 한때 고산을 납치하려 들었던 거지? 아찔하군.

공작을 넘어서려면 다른 차원의 준비가 필요해.

여러 제재에서 벗어나 우리가 하이퍼 큥들을 고용하는 때가 오더라도

고산과 맞서는 일은 쉽지 않겠어. 백경대를 사버린다면 모를까.

이제… 견자단이란 화력이 우라노 질서에서 사라진 상황….

사천왕의 엘시티 분리 전략은 우리에게 어떤 결과를…?

!

그… 그렇군.
사천왕이 노리는 건
엘가와 귀족연합의
충돌!

압도적 우위의
화력이 주던 안정과
여유는 더 이상 그들에게
없다.

우리의 작은
움직임에도 오둠의
우려가 적중했다고
판단할 거야.

엘시티만
테러봇들로부터
안전한 상태… 여론을 몰아
우릴 공공의 적으로
만들겠지.

사천왕, 이 망할
기계들이 우라노 귀족들의
공멸을 유도하고 있어.

팅

하즈 님, 붉은늑대
신청자 명단에서 적격
심사한 결과입니다.

보충 화력으로
충분하겠어?

아직은 목표치의
30% 수준입니다.

적극적인 홍보로
한 달 이내에 60%까지
끌어올리겠습니다.

그래, 최선을
다해주게.
수고가 많아.

틱

크흐윽…
염병할! 우리 입장이
코너로 몰리니까

숨통이 조여.
미치겠군. 고산은
어떤 반응도 없고…

야, 아무리 그래도
우리 동료의 그런
사적인 장면을…

틱

다이크가 우릴
위해 크게 한 방 터뜨린
거라고. 이걸로 심부름값
제대로 뜯어내야지.

13

아아아…

안 돼…

텅

털썩

……

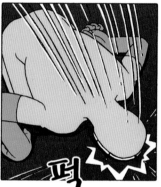

퍽

……

이거… 가져가.

응? 그게 뭐야?

붉은늑대들에게 엘가에서 지급하는 경호용품.

난 쓰질 않아서… 너한텐 꽤 요긴할 것 같아.

빵야!

아, 잠깐! 설마…
그걸로 예언이 실현
되는 건 아니겠지?

ㅎㅎㅎ… 언제
어떤 형태로 내게 오든
이제 관계없어.

지금 이 순간에
충실할 뿐. 잘 쓸게.

안녕하세요,
가이린 아가씨.
반갑습니다.

아, 안녕하세요.
잘 부탁드려요.

이만…
갈게.

그래, 건강히
잘 지내고…

ㅎㅎㅎㅎ…
그 인사말 왠지
웃겨!

왜? 저승사자의
멘트로는 어색해?

검은 머리 파뿌리
될 때까지 잘 살고 있어.
숨넘어가기 직전에
찾아갈 테니까.

부디 그렇게
되길 바라. 그리고
이건… 죽음의 사자가
아니라 다이크에게
보내는 인사야.

너 되게
따뜻하더라.

온기 나눠줘서…
고마워.

……

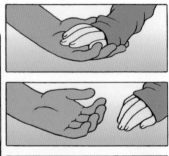

……

아, 잠시만요.

다이크에게 전할 메시지가 있었네요.

응? 왜?

저기, 그러니까…

말하지 말랬는데…

네가 알고는 있어야 할 것 같아서…

뭐? 동영상?

응?

그게 무슨 소리야?

어제 주문하신 메뉴가 준비돼 백작님께 연락드렸는데… 기척이 없으시네요.

집무실에도 안 계신 것 같던데요.

뭐야, 이 양반…

……

충격 요법이… 너무 심했나?

텅

주인님!

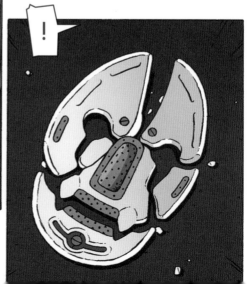

!

닥쳐,
이 양아치 ㅅ끼야!
넌 일단 곤죽이 되도록
처맞아야 돼!

삐리릭

CALL

자… 잠깐! 전화!
이거 비상 라인이야!

……

어… 어르신!

이봐, 괜찮아?

넘어졌습니다.
무슨 일이십니까?

아, 백작님께서
자네가 보낸 동영상에
우려가 많으시네.

행여라도 유포된
흔적이 발견되면 관련자들
전부 치우시겠대.

바로 삭제해주게나.
이번 일 수고비는 방금
입금했어. 그럼…

틱

DELETE ALL

……

염병,
찍으랄 땐 언제고
왜 전부 나한테
ㅈ랄들이야?

야, 거기 안 서!
너 어디 가?

completed

다짜고짜 사람
패놓고 어디 가냐고?

삭제하는 거 방금
확인했으니까 그만
패는 거야!

제트 스트림?
까고 자빠졌네! 너하고는
두 번 다시 일 안 해!

팀에서 탈퇴한다!
앞으로 나랑 마주치지 않길
빌어라!

20

……

……

머물면서
불편한 점들은 언제든
말씀 주세요.

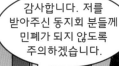

감사합니다. 저를
받아주신 동지회 분께
민폐가 되지 않도록
주의하겠습니다.

별말씀을요.
자주 뵙겠습니다. 이제
안내를 받으시죠.

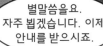

이쪽으로…

고맙습니다.

인정?

흠흠…!
이… 인정!

맙소사! 대체
엘의 연인을… 어떻게
데리고 나온 거야?

현장에서
목숨 걸고 일하는데
뭐, 이 정도야…

와, 진짜 최고!
역시 할! 할! 할!

쯧! 글쎄…
계속 늑대굴에 남아
있어야 하나… 요즘은
그런 회의로
가득하네.

아, 왜 이래…?
내가 잘못했어.

한 번만 더
쪼아봐. 그땐 진짜
뒤도 안 돌아보고
우라노 바로
뜬다.

21

아, 요새 현장 상황 중에 궁금한 게…

테러봇들… 광견병 패치라도 받은 거야?

이전과 다르게 정말 집요하게 악착같이 달라붙어.

최근 이곳에 늑대굴 멤버들이 상주하게 된 것도 그 때문이야.

엘가 인장 같은 거 아무 소용도 없고

살인은 물론 납치까지 더해지고 있어.

팡

여기!

통

야, 이놈들아! 안전 경고등 아직 안 꺼졌어!

어서 안으로 들어가! 위험해!

에이… 별일 없는 걸요.

승

!

으아아아…!

텅

좌악

맙소사, 안 돼!

아아아악…!

물러나! 엘가의 인장이다!

!

타깃 제외
1순위 대상 중 하나…

특정 거리 이상
접근 금지… 바로
물러난다.

퍼
벅
벅
!

후우우…

젠장할! 테러봇들이
여기까지 밀고 들어올
줄이야.

!

이렇게 되면…
아지트를 어디로
옮겨야 돼?

……

테… 테이 씨?

응?

23

누구… 세요?

테이 씨 맞죠?
저는 지난번에…
다이크랑 같이 있었던
가이린이라고 해요.

아…

몸은 완전히
회복되신 거예요?
우라노에는 언제
다시…?

대장님,
괜찮으세요?
죄송합니다. 저희
일인데…

이런 데까지
신경 쓰게 해드려 정말
면목 없습니다.

테러봇들의
습격 패턴이 이전과는
완전히 달라요!

기존의 경비
라인으로는 경계가
계속 뚫릴 겁니다!

구역 대표 세 분만
절 따라오세요!

저와 경비 위치,
동선을 새로 짠 뒤
팀원들과 공유, 조정
하세요!

그동안 다른 분들은
제자리로 돌아가 경계를
살핍니다! 서둘러요!

옛썰!

……

……

저기요,
무슨 사연으로
이곳에 있는지는
모르겠지만

아이들을
지키려는 태도는
여기서 환영받아요.
인사는 나중에
기회가 되면.

네?
아, 네…!

절 따라오실
세 분 정해졌나요?
갑시다!

놀랐어요.
테이 님과 안면이
있으셨군요.

아, 우연한
기회에… 저분들을 모두
통솔하시나 봐요?

네, 여기 사람들
다들 자기 잘난 맛에
사느라 휘어잡기가
쉽지 않은데

불과 얼마 만에
모두 테이 님을 잘
따르게 됐어요. 멋진
리더예요.

이런 뜻밖의
재회라니…

걱정 많았는데
이곳에 오길 잘한 것
같다.

뚝
뚝

들어간다.

뭐야, 보여줄 게
있다고? 월말 정산
때문에 나 바빠.

아무리 바빠도
이건 보고 가.

바후란 놈과
어떤 모습으로
맞닥뜨릴지 고민하다
결정했어.

이 모습이라면
긴말 필요 없이 대화가
바로 본론으로 넘어
가겠지?

짠!

빙
글

아, 씨…
진심으로 깜짝이야.

ㅎㅎㅎ…
당신 반응이
그 정도라면 내 의도가
바로 먹히겠네.

25

후우우…
어떤 자격으로
쾽 교도소에 접근
하려고?

알아보고 있는데…
자식들, 꽤나 까다롭네.

어떻게
별탈없이 면회를
마칠 수 있을까?

그 가면으로는…
무척 어렵지 싶다.

허엇!

아, 나야! 나!
무슨 일인데 비상
직통 라인으로…?

스윽

공작님,
여기 8 우주 게시판
링크 좀 열어
보시겠어요?

……

이게 뭔데?
뭐야?

태모신교
종단이 신자를 지키는
법이라고 도배돼
있는데요.

이미지 출처는
우라노 쾽 교도소 앞,
실시간이랍니다.

저게 뭐야?
꽤 큰 덩어리
같은데…

우라노 행성
방위국에서 이제 막
조사에 나서는 것
같아요. 그런데…

표면에 '바후 백작 귀하'
라고 쓰여 있답니다.

뭐? 바후?

한 달 뒤

26

말도 마!

어제도 이곳 아티카로 인터뷰 요청만 1천 건이 넘었대.

소장이 공개한 질문지의 상당 부분이 나와 고산에 관한 거.

놈이 날 노리고 있다는 걸 이제 8우주가 알게 됐어.

내 신변에 문제 생기면 이제 고산이 지목돼. 그만큼 안전해진 거라고. ㅎㅎㅎ…

고마워 베레미즈. 근데 자기는 괜찮아? 괜히 나 때문에…

아무렴. 내겐 충분한 계산이 있었어.

종단 내 자리다툼은 상상 이상으로 은밀하고 치열해.

이번 일과 관련해 주교들 중 그 누구도 먼저 나서서 나와 내 프로젝트를 언급하지 않아.

그랬다간 본인의 야심이 드러나 다른 이들의 견제 대상이 되거든.

모두 입맛만 다시면서 예의 주시할 뿐이야.

그들이 할 수 있는 일이라곤 종단과는 무관하다는 발뺌.

주교들은 내가 하루빨리 복귀해 알아서 상황을 정리하길 바라고 있겠지만

난 안식년을 꼬박 채워서 즐길 예정이라는 거.

현명한 연인을 둔 나는 얼마나 운이 좋은지… 나 당신한테 정말 잘할 거야.

그래, 다음 주 금요일 기대할게.

그날 꼭 와줘. 사랑해, 달링. 고마워.

응, 사랑해. 또 연락해요.

손님 오셨습니다.

오, 시간 맞춰 왔군. 그대에게 전할 얘기가 있어.

언제든 어디든 불러만 주십시오.

누구? 아그네스?

......

아, 조금 더 설명해주실 수 있을까요?

그런데 그 제조 공장을 인수하겠다는 제안이 뜬금없이 우라노에서 온 거야.

그럼에도 비싼 외행성 사업권에 욕심을 낸다…? 반드시 의도를 알아야 했어.

현재 진행 중인 프로젝트의 핵심 중 하나가 바로 택배 상자야.

공장을 인수하면 납품 독점권도 얻게 된다지만 사실 큰돈은 안 돼.

기무사에게 맡겼는데 그 우수한 대원들이 번번이 실패하는 거야.

한 달 새 네 번이나. 그럼에도 아직 정확한 실체를 몰라.

엘가가 배후인지, 배후의 일부인지…

알다시피 현재 종단은 아티카 일로 꼼짝 못 해.

그나마 밝혀낸 게 있다면 엘가와 연관이 있다는 것.

혹시라도 인수 제안의 의도가 우리가 우려하는 상황은 아닌지 반드시 밝혀야 해.

기무사보다 더 상위 기관에 수사를 맡겼다간 프로젝트 자체를 뺏길지도 모르고…

그래서…

하여…
우리보다 자유로운
프로젝트의 공동
운명체인 고산이
나서줬으면
하는 거야.

하지만
고산 도련님도
아티카 이슈와 연류돼
지금 입장이…

이건 별개의
사안이야. 아무렴
그가 그런 분별력도
없을까 봐?

배후를 밝히는
일은 고산가에서
처리하는 게 가장
현실적이야.

엘가와는
한때 사업파트너였고
지금도 소통은
이뤄지고 있으니.

무엇보다
그 집안은 프로젝트
베샤카의 아침의
가장 큰 투자자.

혹시 모를
투자금의 손실을 막기
위해서라도 우릴
도와야지.

단 두 명으로
견자단 전체를 치웠다는
그의 경호대라면

우라노에
숨어 있는 배후와
그 의도를 바로 알 수
있을 거야.

고산가라면
아그네스, 자네가
전문이니까…

!

자… 잠깐! 내가 지금
뭘 쓰고 있었던 건데? 어느
틈에… 그거 뭐야?

베샤카의 아침
프로젝트의 권리를
제3자에게 양도하는 각서
입니다. 서명하셨네요.

제게 전하신 말씀
고산 공작에게 분명히
전달하겠습니다.

그동안 고생 많으셨습니다.
이제 태모님 품에서 편히 쉬시길.
뭇시엘.

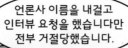언론사 이름을 내걸고 인터뷰 요청을 했습니다만 전부 거절당했습니다.

얘기했잖아. 이쪽에서 어떻게 접근해도 지금은 어렵다니까.

제 식구도 안 만날걸. 고산이 벼르는 걸 아는데 누가 보낸 줄 알고?

젠장, 덫에 걸린 사냥감을 눈앞에서 구경만 하고 있는 꼴이라니!

너답게 행동해. 때를 기다리자고.

기다리라고? 바후가 자연사 할 때까지?

견자단이라는 놈의 자존심을 짓뭉갠 지 벌써 한 달이 넘었어!

이미 그 자식 얼굴엔 나에 대한 공포가 사라져 있을 거라고!

내가 그리던 놈과의 대면 장면이 점점 흐려지고 있단 말이야!

......

오돔 이 자식, 완전히 개망나니네. 협상하러 간 사람을 이렇게 패다니.

우릴 얼마나 우습게 알면… 그래, 뭐라면서 때려?

귀족연합과 협상이 가능한 유일한 전제는

납치된 회원 가족과 친인척의 무사 귀가, 엘시티를 우리에게 개방하는 조건이야!

대화는 그다음이라고…

인간들 사이의 문제는 너희 역량으로 해결해. 우린 알 바 아니야.

평의회와 거기 상주하는 우라노 대표에겐…?

사천왕은 뭐래?

…라는 답변으로 우라노 귀족들의 공멸을 바란다는 메시지를 대신했습니다.

사천왕이 건네주는 거액의 후원금에 취해 라인 연결조차 어렵습니다.

그리고 이건… 귀족연합이 오늘부터 배포한 영상입니다.

여러분처럼 제 자식들도 모두 테러봇에게 납치됐습니다!

이 모두가 엘 백작이 우리 터전을 삼키려고 로봇 군단을 만들어 저지르는 만행입니다!

존경하고 사랑하는 위대한 우라노 행성민 여러분!

우리는 안녕하지 않습니다! 안전과 평화의 땅 우라노가 어떻게 된 겁니까?

평의회를 거액으로 매수해 우리의 고통을 8우주에 알리는 통로까지 차단했습니다!

엘 백작이 아무리 돈이 많아도 이 행성을 가질 수는 없습니다!

싸웁시다! 저 간악한 엘가의 음모에 맞서 우리 가족과 권리를 지킵시다!

인장의 문양은 이제 더 이상 엘가의 상징이 아닙니다!

우라노는 여러분, 위대한 우라노민의 것이니까요!

귀족연합이 여러분과 함께 합니다! 싸웁시다! 지킵시다!

이것은 행성을 구하고 안전과 평화를 갈구하는 우라노민의 굳건한 의지입니다!

비탄에 빠진 행성민들의 분노에 잘 먹히겠어.

이제는 어떤 호소도 소용없고… 꼼짝없이 공공의 적이 돼버렸어.

평생 들어본 어거지 중 최고네.

……

뭐, 이렇게까지 치고 들어오신다면야…

행성 칼번에 있는 비밀 장부, 우연히 유출된 걸로 꾸며서 8 우주에 공개해.

예…?

주… 주인님, 그렇게 되면…

아무리 돈이 많아도 이 행성을 가질 수 없다는 말엔 날 비웃는 분명한 반어법의 뉘앙스가 있었어.

너 돈 좀 있는 것 같긴 한데 아무렴 그 정도는 아니잖아. 그러니 와서 무릎 꿇어!… 라는 얘기지.

진심으로 빈정 상했어.

귀족연합에서 내뱉은 헛소리들… 전부 사실로 만들어 버릴 거야.

주… 주인님, 칼번 장부… 그 거래 내역을 추적하면 우리가 8 우주에 숨겨둔 비자금의 절반이 드러나게 됩니다.

무… 물론 회계감사로 그 자금들 전부 고스란히 평의회에 뺏기게 될 거고요.

그렇게 되면…

행성 하나 값 세금으로 내고, 나머지 절반으로 우라노를 사버리지, 뭐.

두 번 다시 그 잡것들이 날 비웃지 못하게.

예쓰!

응?

주인님이 해결 방법으로 거기까지 생각하실 거라곤 전혀 예상 못 했습니다.

장부가 공개되면 고산은 당장 달라붙을 겁니다.

그럼 행성 하나를 주고 8 우주를 얻게 되는 셈이죠.

과연 제가 아는 주인님!

실패하면 어쩌지…

당분간은 사천왕이 우리 편이지?

여… 역시 제가 아는 주인님…

예, 귀족연합이 보강할 화력에 밸런스를 맞춰야 공멸을 노릴 수 있을 테니까요.

후우우… 차마 엄두도 못 내던 과감한 결정… 이제 숨통이 좀 트입니다.

당장 평의회 감사 대비를 해야겠습니다.

팅

네, 하즈 님!

어? 괜찮으세요?

응! 매니저 인원을 내외행성인 포함해 지금의 3배로 늘려.

예?

눈코 뜰 새 없이 바빠질 거야.

후우우우… 가이린은 무사히 잘…

지내고 있겠지, 뭐.

33

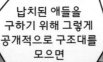

아닙니다!

납치된 애들을 구하기 위해 그렇게 공개적으로 구조대를 모으면

자칫 무사히 돌아올 수 있는 애들이 다치게 될지도 몰라!

아니죠! 그건 공작에게 자식이 없어서 할 수 있는 생각이에요!

테러봇들이 거기에 상응하는 대응을 할 거란 말이오!

하지만 놈들에게 네트워크가 장악돼 여기 의도가 모조리 간파될 텐데.

차라리 모집은 공개적으로 하고 이중 작전으로…

뭐야, 바후 이 자식! 바빠 죽겠는데 왜 자꾸 전화질이야?

이젠 아무 때나 통화할 수 있는 처지가 아니란 걸 알아야지, 인마!

……

또…!

견자단 없다고 오돔과 귀족연합의 태도가 바뀌었어!

그나저나…

또 내 전화를 무시해?

언제는 내게 면회 오겠다더니… 더 이상 난 이용할 가치가 없다 이거지? 이런 쥐 같은…!

왜 사천왕은 인간들을 납치하는 거야? 이래저래 너무 번거롭잖아.

쩡

통 통

퍽 퍽

신형 테러봇이야.
확인해봐.

있어?

빌어먹을…!

염병할! 역시
우려하던 대로야.

사… 살려
주세요!

저것도
EMP탄이 안 먹혀!

아이가 있으니
쏠 수도 없고…

아, 저걸로
통로를 막아요!

텅
텅
텅

텅
텅
텅

텅
터
더
덩

!

인마, 멈춰!

네까짓 놈
한 방이면…

젠장, 망할 놈의 기계가…

아이 때문에 우리가 자길 못 쏠 거란 걸 알고 있어!

아… 안 돼! 저길 넘어가버리면 아이는 구출 못 해!

곽곽곽곽

！

턱

아이는 두고 간다!

치쿨

치쿨

！

안 돼! 아이는 두고 가라고!

텅

팍

꺄아아…!

정찰 구역 내 신형 봇들은 모두 장착돼 있어.

젠장! EMP탄 방어 모듈이라니… 대체 언제 이런 걸 개발해서…

2주 전, 테러봇 생산 공장 하나를 덮쳤을 때 사용한 시범 탄두…

그걸 매개로 놈들이 바로 제작에 들어간 것 같아.

치잇! 행성 내 살인 기계들을 일시에 치울 유일한 방책이었는데

얘기했잖아! 인공지능 봇들에겐 어떤 단서도 넘겨주면 안 된다니까!

그럼… 일단 귀족연합에 지원금 요청을 더 하자.

시범 사용에서 우리 쪽 패를 다 보여준 꼴이 돼버렸어. 이런 식이라면…

이런 식으로 가다가는 지지부진한 소모전으로 빠져서 결국은 전부 몰살이야.

뭐?

귀족연합에 지원금 요청이라니? 그게 무슨 소리야?

아…

이런 등신이… 그런 얘긴 우리끼리만 하자니까.

아. 오늘 귀족연합 측 발표 내용을 확인해봐. 그럼 오해 없을 거야.

무슨 오해?

너희 지금 나한테 뭘 숨기고 있는 건데?

어서 얘기해! 우리가 왜 그들의 돈을 받아? 언제부터?

…제 자식들도 모두 테러봇에게 납치됐습니다!

우리는 안녕하지 않습니다! 안전과 평화의 땅…

&%$@#!%@*&!!…

……

카지노에서 들은 얘기가 모두 사실… 뜻밖의 제안이다.

납치당한 귀족 자식들을 찾아오는 데 두당 10억 바크…

하나만 찾아내도 도박 빚 다 갚고 원래 내 목표치의 3배…

절대 놓칠 수 없는 조건인데… 나 혼자서는 어려워.

똑똑똑! 계십니까?

아, 노크 소리에 고막 찢어지겠네. 왜 또 왔어?

지나는 길에 저녁이나 같이할까 해서.

우리 조카님들 이제 슬슬 서로 얼굴 볼 때가 되지 않았나 싶기도 하고.

후우우… 오늘 귀족연합 발표 보니까 앞으로 우리 먹거리 말이야…

제트에게 전해요. 일 하나 같이하자고.

팀이 필요해. 그것도 손발이 잘 맞는.

내가 4, 제트 스트림이 6 먹는 조건이야.

41

탕

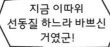

지금 이따위 선동질 하느라 바쁘신 거였군!

그래서 넣어주던 사식까지 전부 끊었어?

나보고 이따위 꿀꿀이죽이나 처먹고 있으라고?

탕

감히 8 우주가 주목하는 나를 밥벌레 취급해?

!

아, 전해드릴 말씀이 있어서…

오늘 들어온 인터뷰와 면회 요청 건입니다. 확인하시죠.

뭐야? 왜 소장이 직접 안 오고?

오늘부터 바쁜 일정이 있으셔서…

바쁘긴 개뿔! 날 보고 가는 데 시간이 얼마나 걸린다고…

이것들이… 전부 짜고 날 무시하기로 결정한 거잖아!

COPY

내가 여기서 나가기만 해. 너희 진짜…

저… 저녁 시간 평안히…

어딜 가? 저기 널부러진 식판 안 보여? 치워주고 가야지?

아, 식판은 규정대로 잘 닦아서 배식구에 두시면 됩니다. 그럼, 이만…

이봐! 야!

풍

이 자식들, 두고 봐.
네놈들 전부…

……

뭐야, 듣도 보도
못 한 잡것들 투성…
배후가 고산일 게
뻔하잖아.

날 속이려면
최소한…

응? 엘가 매니저?
이건 또 뭐야…?

잠깐, 지금
연합 측에게 엘가가
완전히 구석으로
몰리고 있어.
그럼…

그렇군!
나한테 중재 역할을
부탁하려고
엘 백작이…

그래, 상황의
주도권을 다시 내게로
가져올 수 있는
절호의 기회다.

여기엔 고산이
끼어들 틈 같은 건
있을 수 없지. 좋아,
만나보자.

나에게 다아~ 아아~
아 아아~

넌 나의 비올레타~

팅

우라노로부터의
회신입니다. 바후가
면회 신청을 수락
했답니다.

잡았다. 이 쥐새끼!

팍

이제 놈의 목을 비틀러
숨어 있는 쥐구멍으로 직접
들어간다.

%&$3@k%&*@!!···

X#$@%&!!*+!@···

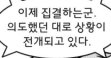

이제 집결하는군. 의도했던 대로 상황이 전개되고 있다.

우리가 엘가의 단순한 도구처럼 묘사됨으로써

기계 대 인간이라는 프레임에서 벗어나

엘가 대 귀족연합, 인간 대 인간이라는 대결 구도를 갖게 됐어.

현재 생화학무기 개발은 순조롭게 진행되고 있지만

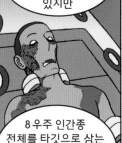

8 우주 인간종 전체를 타깃으로 삼는 우리 목표에 이르려면 시간이 좀 더 필요해.

택배 상자를 이용한 바이러스 살포 계획은

태모신교의 지속적인 배후 추적으로 사실상 어렵게 됐지.

우라노를 맴도는 그들의 위성이 종단 관리국에 넘기는 데이터 중에

우리가 경계할 만한 요소는 아직 없는 것으로 판단 된다.

하지만 이들이 8 우주 전체를 대상으로 뭔가 진행 중이라는 점은 분명하다.

우리의 의사 표시에 그들이 앞으로 어떤 대응을 할지 계속 주목한다.

가다이 시스템을 피해 바이러스를 8 우주 전역에 뿌리는 방법으로

몇 가지 대안책을 찾았는데 우라노의 거사 날, 동시에 진행 한다.

그날 필요한 무기들은 지금 제작 중으로

모든 준비를 마치는 데 약 3개월의 시간이 소요된다.

대장!

!

커피 진하게 탔는데… 드실래요?

너 같은 귀족 출신이 뭘 안다고 큰소리야? 배고파서 도둑질 해봤어?

쓴데… 달다.

……

신념이고 해방이고 당장 입에 풀칠부터 하고 난 뒤의 일이란 말이야!

응? 그거… 마음이 공허할 때의 감각이잖아요. 무슨 일이에요?

언제부터인가… 물에 뜬 기름 덩어리가 된 기분이야.

철부지라고 비웃던 집안사람들 얘기가 바로 이런 거였나 싶기도 하고…

……

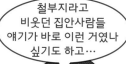

같이 싸우고 웃고 울지만 결국 난 이방인일 뿐.

……

자세한 사정은 모르겠지만… 제게 대장은 최고 멋진 사람이에요.

50

51

현재 엘가 대 귀족연합의 대결 구도에서 네가 받은 제안은 연합 측을 돕는 거야.

그러므로 정황상 제트 스트림은 네 제안을 거절하는 게 맞지.

하지만 이건 어디까지나 실종자를 찾는 인도적인 차원의 문제니까

충분히 하즈 님을 설득할 수 있어. 우린 사람 구하는 데 집중하자고.

지금까지 실종된 귀족 자제들이 벌써 500명이 넘어.

그 중 10분의 1만 우리가 찾아도 당장 은퇴할 수 있어.

역시 내가 사람 보는 눈이 있다니까. 넌 우리에게 행운이야.

삿대질 그만하고 뒤통수칠 생각이나 하지 마.

가자! 팀워크 발휘하기 전에 회식 한번 해야지!

내가 살 테니까 실컷 마시자고!

간만에 우리 조카님들이랑 맥주나 시원하게… 갑시다!

아그네스!

집사님, 그간 잘 지내셨죠?

우리 주교님 기도 덕분에 오늘도 무사하죠, 뭇시엘.

응?

공작님의 우라노 일정에 대해 얘기했더니

아그네스 주교가 그럼 당장 방문해서 꼭 전할 게 있답니다.

52

끄으응… 만나기 껄끄러운 기분 든다고 거절할 수도 없고…

에잇! 후딱 보고 용건만 듣지, 뭐.

헤글러, 아그네스 주교 좀 모시고 와.

옛썰!

혈색은 여전히 좋아 보이세요, 도련님. 다행입니다.

다 주교님 기도 덕분이죠. 감사합니다. 용건이 있으시다고…

네, 안부 인사 중에 아티카 방문 얘기를 들어서 이걸…

……

뭔가요? 이 하얀 가루는…

설마 마약… 같은 건 아니죠?

ㅎㅎㅎㅎㅎ… 도련님도 참. 제가 왜 그런 걸…

그건 사람 유분입니다.

예?

정확히는 바후 백작의 연인이었던 베레미즈 주교 것이에요.

53

......

자넨 여기서 주변을 살펴.

예, 어르신.

텅 텅

!

부딪히는 소리가…

제가 가장 좋아하는 다브네스 금화네요.

8 우주 안에서 선생을 찾는 건 쉬워. 당신으로부터 이야기를 듣는 게 어렵지.

어디 보자…

......

응? 이상해. 무슨 일이 있었지? 상황이 바뀌었…

3개… 벌써 3년이나 지났습니까?

저를 용케도 찾아내셨습니다.

자, 이제 다음 이야기를 들려줘.

아, 하지만 소녀는 여전히 등장하네요.

그래, 소녀의 등장, 거기까진 얘기했어. 대체 그 아이가 누구냐고?

다음 주인입니다.

무… 무슨 소리야? 내가 주인이 되는 게 아니었어?

어르신의 경우, 주인보다는 책사로 지내시는 게 장수의 비결이죠.

실질적인 힘은 쥐고 있으면서 표적이 되는 경우는 피하는 것.

권력욕에 지혜가 흐려지는 걸 경계하세요.

이거야, 원…

오늘 이야기는 여기까지.

끄으응…

이번엔 또 몇 년을 기다려야 하는 거야?

술잔에 잡아둔 달이 윙크할 때 오십시오.

조건은 이전과 동일하게 1년에 다브네스 금화 하나씩.

덕분에 오늘 간만에 배불리 먹고 마시게 됐네요.

또 뵙겠습니다. 살펴 가세요.

탁 탁

……

슈슈슈

수고 많았어. 쉬도록 해.

예, 어르신.

엘가의…
칼번 비밀 장부?

매니저의 실수로
비밀 장부 중 하나가
8우주 게시판에 공개
됐답니다.

이사님, 긴급
사안입니다.

이걸 잠깐
보시죠.

……

……

맙소사,
이것들이 전부 엘가
소유라고?

예, 이게 사실이면
8우주 서열에 대변동이
일어납니다.

여기 이 기록들
사실 여부 확인하는 데
얼마나 걸리겠나?

장부의 단서들을
역추적했을 때의 규모를
아직 가늠할 수는 없으나
최소 6개월은…

너무 느려!
인력들 총동원해!
최대한 빨리 조사해서
매주 내게 경과 보고
하도록!

예… 예, 이사님!

동족에게 추방당한
눈먼 데바림의 3년 전 예언이
시작되는 건가?

그럼 앞으로 약 3개월 뒤,
고산은 죽는다.

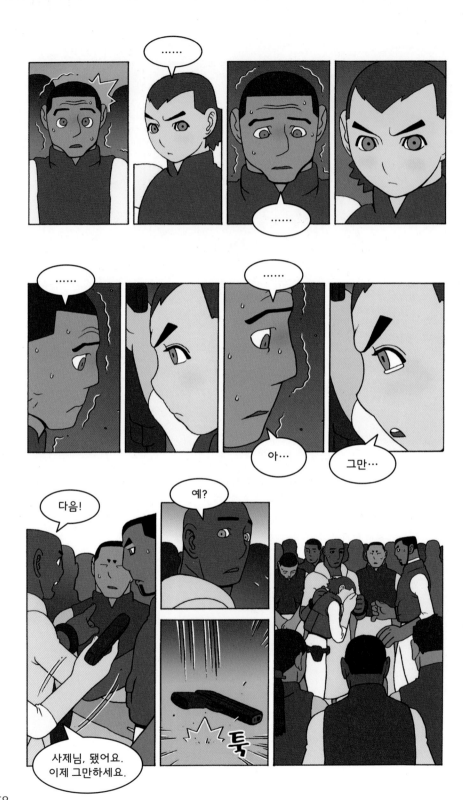

이곳 아티카에선 쾽 능력을 쓸 수가 없더군.

대신 힘쓰는 건 지장 없더라고.

잘 들어. 지금부터… 경솔한 행동으로 우리 대화를 빵구 내면 네 심장도 뚫린다.

네가 하수인과는 얘기 안 할까 봐 직접 오셨어.

인사해. 고산 공작님이셔.

……

대면하니 실망이 커. 아버지가 이런 시시한 놈한테 당하다니…

열어봐.

이… 이게 뭡니까?

베레미즈 주교의 유분.

뭐…? 뭐가 어째?

목소리 낮춰. 공작님도 선물로 받으신 걸 네게 전할 뿐이야.

확인해보니 우라노 귀족들의 조치로 3개월 뒤 석방이더군.

네겐 이제 두 가지 선택이 있어.

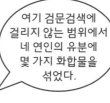

여기 검문검색에 걸리지 않는 범위에서 네 연인의 유분에 몇 가지 화합물을 섞었다.

이틀 후면 독극물로 변해. 그걸 퍼먹다가 죽어라.

61

그게 싫다면 3개월을 버티고 석방과 동시에 내 경호대에 끌려가

고모라의 인육 시장에 팔리는 거다.

거긴 8우주의 온갖 끔찍한 놈들이 모이지.

네 몸이 식육으로 팔리기 전까지 어떤 모욕을 당할지… 잘 알 거야.

둘 중 하나를 선택하면 돼.

……

퍽

콰드드드

텅

자, 이로써 사천왕 중 남은 건 하나!

엘에게 가서 전해!

귀족연합의 선전포고 이후 3개월,

테러봇들의 물량 공세에 밀릴 거라는 초기 우려와는 달리 전쟁은 연합 팀의 연전연승.

실종자 찾기에서 기대 이상의 성과를 내자

이번엔 내게 연합팀의 용병으로 선봉대에 합류해달라는 요청이 있었다.

거절할 수 없는 보상 조건에 엘가의 몰락 조짐을 느낀 제트 팀은

나와 당분간 동행하기로 하고…

쉬지 않고 몰아붙이는 싸움 방식에 어느새 미친개라는 별명이 붙더니

운 좋게도 사천왕 중 두 놈을 우리가 잡자 엘가 측에서 협상을 요구해 왔다.

꽉

엘에게 가서 전해!

미친개한테 협상 같은 건 없다고 말이야.

야, 다이크! 네가 말했던 것보다 일이 거칠어.

그래서?

그래서는 이 친구야, 6 대 4로는 안 돼! 8 대 2로 간다!

7 대 3! 우선 한잔 걸치자! 몸이 부서질 것 같아.

먼저 가 있어! 우린 아론 영감한테 들렀다 갈게!

엉클한테는 엄살 좀 그만 부리라고 해! 돈 나눌 땐 멀쩡할 거잖아!

콰앙

이… 이런!
어떻게 된 거야?

이렇게 안쪽까지
연합팀 공격이 성공한
적은 없었는데…

나비야!

팅

방벽 뚫렸어?
내부로 들어온 쿵들은
더 이상 저격 안 해?

그럴 거야.
너희 엘가와의 관계도
오늘로 끝이니까.

츠르르

뭐? 무슨
소리야?

아울러 평의회
간섭을 염두에 둔 연극도
이제 끝났다.

놀라긴! 행성
네트워크를 장악한
우리가

츠르르르

그깟 쿵 놈들에게
밀리는 게 이상하지
않았어?

오늘로서 모든 준비가
완벽하게 끝났다.

지금부터
너희 인간종으로부터
본격적인 행성 탈환을
시작한다.

우라노 전역에
우리가 개발한 생화학
무기를 뿌릴 거야.

행성 장악은 최단
시간을 목표로.

우라노에 기생하는
너희 바이러스들의 교만과
무례도 이제는 끝이다.

행성의 주인은
너희가 아니란 걸 8 우주가
각인하는 계기가
될 것이다!

……

털썩

틱

오케이!

…회사? 계약?

이제
저희 회사와 계약
되셨네요.

무슨…
무슨 회사?

네, 신속정확안전
무한책임 심부름 서비스

……

우주 택배, 실버퀵입니다.

우주 택배?
실버퀵…? 지금 그게
무슨 개소리야?

66

일을 맡겠다고?
그래, 다들 돈만 보고
일단 달려들지.

츠츠츠

하지만 이내
제거 대상을 확인하고는
조용히 물러나.

역시 목숨은
소중한 거니까. 그런데…
자넨 무슨 배짱인가?

아, 마침
그동안 제가 쌓은
악덕 때문인지

아…
그래, 납득이…
가는군.

이 일을 맡게 되면
결국 죽게 될 텐데.

살날이 얼마
남지 않게 돼서요.
자식들에게 남길
유산이라도…

사실 난 자네의
제거 방식이 마음에
들어. 계약하지.

타깃은
공작, 고산!

어디 보자.
고산가의 주인이라…

일주일 뒤

부디…
지옥 끝까지 쫓아
가서라도 놈을 꼭
치워주게. 내 마지막
소원이야.

츠츠츠

오호, 예상했던 것보다
훨씬 더 젊으시네.

74

응?

뭐야, 이 양반…

기록에 있어. 이미 실험체 만드는 데 참여했었네.

우리엘 이 녀석은 이런 것도 체크 안 하는 거야?

그럼… 어떡할까요? 군수 사업부에 퀑 샘플로 넘길까요?

미쳤어? 그것들이 뭐가 예쁘다고 이런 퀑을 넘겨줘?

필요하면 우리만큼 수고해서 본인들이 직접 찾아야지.

무엇보다 덴마 프로젝트의 핵심 샘플 제공자야. 최소한 우리는…

!

이런, 양자 공진기… 아직 작동 중이었네.

예? 그럼 어떻게 되는데요?

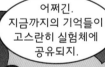

어쩌긴. 지금까지의 기억들이 고스란히 실험체에 공유되지.

당장 꺼야 돼. 양쪽 모두 의식 상태가 되면 멘탈 붕괴의 위험성이 있어.

공진기 폐기하고 이 사람 우라노로 돌려보내.

아, 지금 인공지능 테러로 행성이 위험하대요. 우리엘도 잠시 복귀한걸요.

그래? 그럼 안전한 다른 행성으로 당장 보내.

여기 뒀다간 종단 하이에나들이 다른 용도로 쓰려고 할 테니까.

커피랑 카늘레 하나 주세요.

네, 가져다 드릴게요.

잉 · 잉

……

말도 안 돼. 이게 면접 때 질문이라고?

재무관리자가 엔지니어냐? 이것들이 지원자들을 얼마나 골탕 먹이려고…

저기… 면접은 우리가 엘가보다 훨씬 까다로운데요.

아, 그래? 그럼 예상 질문지나 어서 꺼내봐.

눈먼 데바림이 예언한 고산의 죽음, 이제 때가 됐는데…

역시… 엘가로 직접 들어가겠다는 결정에 따른 결과일 테지?

중얼 중얼

보자, 우리 고산 도련님이 지금 어디에 계시려나

잉
잉

잉
잉

멍청이들이란 소리네.

그중 하나는 지금 우라노의 인공지능 테러에 아주 적합해.

적합? 무슨 기술을 쓰는데?

아, 그만 쫑알대고 당장 우라노행 준비해!

고장 난 기계들 제거가 우리 첫 번째 임무야.

그 후, 현재 칼번으로 도피 중인 백작님과 일행들을 우라노로 다시 모신다!

진심으로 감사드립니다. 고산 공작님께서 다시 엘가에 내밀어주신 은혜의 손길…

누가 되지 않도록 전력을 다하겠습니다.

누적된 업무 처리가 끝나는 대로 공작님께서 직접

백작님을 찾아 뵙겠다고 하십니다. 일정은 추후 상의 하시죠.

아… 저희가 찾아뵙는 게 예의일 텐데요.

별말씀을요. 인생 선배이신 백작님께 많은 조언을 기대하고 계신걸요.

아… 알겠습니다. 완성된 큰어르신 초상은 언제 어디로 가져다드리면 될까요?

그 일은 파견근무자들에게 맡길게요.

지금은 백작님 삶의 터전인 우라노가 테러봇들로부터 안전해져야 하는 게 우선,

사천왕 제거를 엘가 담당들에게 맡겨 주시겠습니까?

오, 이런…

……

이… 이거 원하는 데 볼 수 있다고 했지?

내 영지… 내 땅들은 무사할까?

……

아래 검색바에 지역 쓰시고 결제 후 잠시 기다리시면 됩니다.

뭐… 뭐야, 결제 요구액이…

아니, 지금 남의 불행을 이용해 돈을 벌겠다는 거야?

지금 보고 계신 건 현재 우라노에 접속하면 보이는 것들인데요.

대체 누가 이런 짓을 하는 거야?

이것들은 모두 평온했던 과거의 이미지입니다.

현재 행성의 실제 모습은 가려져 있습니다.

사천왕이라는 인공지능이 우라노의 네트워크를 장악하고 있기 때문에…

이게… 진짜란 말이지?

네. 우라노에 배치한 종단 위성으로

독립 라인에 접속된 약 10만 대의 드론을 연결해 촬영 중입니다.

일반 행성민들이 상황을 알 수 있도록 외부 라인을 무료로 제공하고

특정 영역 지정 조회 시는 유료 결제로 제공하도록 조치했습니다.

서민들에겐 꽤 부담스러운 액수여서

주로 우라노 귀족들이 자기 구역을 확인하는 데 쓰고 있지요.

그들 대부분은 현재 외행성으로 피신해 있기 때문에

행성별 종단 위성과 연결해 사태를 확인하고 있습니다.

로봇의 반격이 듣던 것보다 훨씬 더 격렬하군.

이런 강도와 규모로 테러가 진행되면 우라노는 조만간 사막이 되겠어.

우리가 우라노를 도울 길은?

행성 지도부가 외행성 곳곳으로 흩어진 상태라

당장은 행성민들에게 상황 보고를 위주로…

그래, 그것도 중요하지.

흐으음…

응?

화면의 분위기가…
뭔가 바뀌었는걸?

네?

……

아! 사람을…
찾는 것 같네요.

드론이
초근접으로 장소를
훑고 있는 걸
보니.

장소가 아니라
실종자를
찾는 거라면…

역시…
상당한 고액이
결제됐습니다.

이런 액수면…
카메라를 한동안 붙잡고
있겠는데요.

어디에서
계산된 거야?

행성 칼번이요.

누가 있지?

우라노 귀족들이
가장 많이
피신한 곳인데…

그중엔 최근
비밀 장부가 공개돼
놀라운 자산 규모로 주목을
받고 있는 엘 백작도
있습니다.

가… 가이린…!

안 돼!
이 정도일 줄은…

사천왕이
등을 돌린 마당에…
너무 위험하다!

칼번에서라도
해결사들을 구해 당장
우라노로…

하즈!

하즈!

텅

주인님!

허억

허억

허억

정신 차려!
지금 데리러
갈 테니까…

허억

아니, 오지 마.
그… 그럴 시간에…
어서 피해.

폭탄 들고
저 괴물에게… 순간이동
했는데…

튕겨졌어. 그게
아니었다면… 까맣게…
구워졌을 거야.

전체가 고압
전기 같은 걸로
덮여…

접근이
힘들어… 다른 콩들이
실패한 이유…

어서…

거기 사람들
데리고… 어서 달아나.
어서…

툭

안 돼!
야, 3팀장!
야…!

……

치이잇…!

……

테러봇
폭격기 동선은
그대로예요.

이대로라면
2시간 뒤 이곳은
불바다가…

대장, 제발
나한테도 기회를
달라고요! 작전지로
보내주세요!

무슨 기회?
개죽음당할 기회?
난 네가 정말 쿵인지조차
의심스러워!

그래, 진짜
쿵이라고 쳐!

하늘에 떠 있는 걸
어쩌겠다고? 그 정도
거리에서 기술
써봤어?

아… 아뇨.
아직…

거봐!
본인 능력도
제대로 모르면서
어딜 가겠다는
거야?

그럼… 지금
다른 대안 있어요?
가만히 앉아 여길
폐허로 만들
거예요?

밑져야 본전
아닙니까? 내가 한번
해보겠다고요!

끄응…

……

좋아! 이건 네가
자초한 일이야!

분명히
말하지만 네 시신은
수습 안 해!

허억! 뚫렸…!

……

응?

!

텅

내 부탁으로 왔다고 하면 싫어할 거야. 그러니 적당히 둘러대줘.

여긴 너무 위험합니다, 아가씨.

어서 안전한 곳으로 대피하시죠.

아, 그때 그분…! 또 백작님이 보내신 건가요?

설마… 제 주변을 맴돌고 계셨던 건 아니죠?

……

그럴 리가요. 우린 우연히 마주친 거랍니다. 백작님도 저도 모두 바쁜 걸요.

아저씨, 제 두 눈 보고 말씀하세요.

쿡쿡

현재 우라노에 안전한 곳은 따로 없어요.

하늘을 덮는 저 괴물들이 있는 한…

슈슈슉

잠시만요. 곧 돌아오겠습니다.

슈슉

......

역시…
내가 뚫은 건
아니었…

텅터덩

오오오…

......

콰

쿵

쾅

텅

텅

콰콰쾅

과연…
일반 큉들은 엄두도
못 내는 고출력
방어막을

이제 우리가
준비한 백경대
대항마를…

......

종잇장처럼
찢고 들어가 박살을
내는군.

우선 100여 기만
움직여본다. 우리와
같은 구조의
전투봇을 어떻게
다룰지…

88

백경대,
너희가 할 수 있는
모든 종류의 공격을
총동원해봐.

이거야, 원…

수십 단계 향상된
나노봇 기술에 이내 곧
질려버릴 것이다.

이렇게
달라붙는 거 딱
질색이야!

야, 제모나이!
아직 멀었어?

하나 찾았다.

옷에
기름 냄새 묻는 거
싫단 말야!

89

……

넌… 진화 단계가 중간 정도 되겠구나.

아버지가 파우스트 박사의 경호원이셨거든.

용케… 여기까지 기어들어 왔군.

…우릴 잘 아는 것처럼 얘기하네.

실험의 조력자이기도 하셔서 박사님 연구실에 종종 놀러 갔지.

어떤 창고엔 너희처럼 생긴 기계들로 가득하더라.

박사님은 당신 모습을 본뜨기 좋아하셨으니까.

거기엔 인공지능 봇들이 진화 단계별로 전시돼 있었는데

최종 단계의 모습은 지금도 기억에 생생해.

너희 같은 생체 모방형 봇들은

최종 진화 형태가 모두 하나로 수렴된다고 하셨지.

파우스트 박사가 인공지능 봇 실험에서 중점을 둔 건

너희가 인간의 한계를 뛰어넘는 특이점 이후의 상황.

그래서 우리 아버지의 도움이 필요했던 거고.

가 가 가 각

너희… 자신들이 어쩐지 이상하다는 생각은 안 들어?

……

이상하다니? 그게 무슨 소리냐?

생각해봐. 너희는 유기 생명체의 약점이 없어.

신진대사에 따른 피로감도 없고 시간의 제약도 넘어서지.

그야말로 무제한의 능력을 갖고 있단 말야.

그럼 이미 한참 전에 우릴 뛰어넘었어야지.

뭐라는 거야? 우린 이미…

이미 뭐? 네트워크를 장악하고 폭탄 세례를 퍼붓고 있다고?

그건 더 나은 미래를 만들겠다면서 인간이 꾸준히 해오던 짓이잖아. 안 그래?

……

너희가 그걸 답습하는 데는 이유가 있어.

특이점을 넘어 최종 단계에 이른 너희를 마주하고

박사는 잠시 고민에 빠지셨대.

그리고 너희 무한 진화 알고리즘에 제약을 건 뒤

사람들을 자극하는 용도로 쓰기로 하셨던 거야.

91

......

네 아버지가 남긴
사업장들의 관리 운영을
내게 맡기겠다고?

......

......

......

예, 당분간요.

......

우라노 일은…
완전히 손 뗀 거냐?
앞으로는 뭘
하려고?

종단에서
운영하는 청소년
보호시설을 하나
맡기로 했어요.

그래, 알겠다.
네 뜻이 그렇다면…
도와야지.

매달 회계
보고하고 수익의
일부를 네게 보내면
되는 거지?

......

......

괜찮으세요?

휘정

하아…
토할 것 같아…

......

우리 조카…
부지런하네. 여길 다
찾아오고.

오기 전에 나한테
어떤 제안을 할 건지
욕심 많고 간섭 좋아하는
친인척들에게 미리 다
알리고 말이야.

우리 테이가
오해하고 있어.
난 지켜보는 시선이
많아진다고

포기하는 사람이
아니야. 목표에 이르는 데
시간이 더 걸릴 뿐이지.

뭐? 갈등으로
자멸한다고?

탕

천만에. 이 8우주에
마찰 없는 집안이 어딨어?
문제는 선을 넘기
때문이야.

어른 면전에다
함부로 이런 소품을 들이미는
녀석들 때문이라고.

너 같은 독초는 반드시
뽑아버려야 돼. 그거야말로
가문을 위한 일.

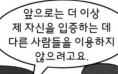

앞으로는 더 이상 제 자신을 입증하는 데 다른 사람들을 이용하지 않으려고요.

ㅎㅎㅎ… 그렇게 들린다면 그런 셈이네요.

오늘로… 마음의 찌꺼기들은 모두 정리하신 거죠?

속세를 떠나 무소의 뿔처럼 혼자서 가겠단 말씀인가요?

건투를 빕니다. 도움이 필요하면 언제든 연락 주시고요.

……

……

여객선 출발까지 2시간 정도 남았는데…

물론입니다. 가시죠.

마지막으로 한 군데 더 들려도 될까요?

이번엔 어딥니까?

……

아, 아니에요. 오해 마세요.

내가 봤어! 두 눈으로 똑똑히! 분명히 가이린 씨가 해냈다고!

아, 저기요! 잠깐만…

괴물 비행선을 부순 건…

이 사람 엄청 겸손해서 이러는 거야! 굉장한 쿵이라고!

가이린!

가이린!

가이린은 내가
정말 미운가 보군.
도대체…

......

푸흐으으…

하필이면
늑대굴이라니. 날
못 잡아먹어 안달인
놈들과…

내 제안이 뭐가 어때서?
다 자기 생각해서 거기까지
배려한 건데…

아, 됐어!
이젠 정말 끝이야!

내 손길을
끝까지 뿌리친 건
가이린, 너야!

아니! 할 만큼
더 해야겠어! 이제
우라노는 행성 재건에
초점을 맞출 거야. 그럼
내겐 더 이상 반동
세력은 이용 가치가
없지!

내 마음이
한번 식으면 얼마나
차가워지는지 상상도
못 할걸?

나도 할 만큼
했다고!

......

조만간
늑대굴 놈들이라면
남녀노소 불문하고
모조리…

며칠 후

!

끄응…

!

꿀꺽

꿀꺽

하아아…

다이크!

뭐?

응? 뭐야?
여긴 어디야? 부재중
전화가 엄청…

이 친구 살아 있었네!
지금 어디야?

그게 무슨 소리야?
전멸? 우리가 이기고
있었잖아!

염병할… 분명히
이기고 있었지.

그리고
우라노에 파견된
경호대…

우라노 퀑 연대의
정보에 의하면

엘이
고산 공작에게 신변의
안전을 맡겼어.

그 다섯 명은 일반
하이퍼 퀑들과는 수준이 달라.
동영상 보낼 테니 봐봐.

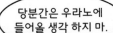

당분간은 우라노에 들어올 생각 하지 마.

다행히 우라노 쾽 연대가 엘가에 협상을 제안했대.

결과 나오는 대로 바로 알려줄 테니까 라인 켜놔라.

그것들이 엘가에 반기를 들었던 쾽들을 어떻게 할지 아직 알 수가 없어.

모두들 긴장하며 상황을 예의주시하고 있어.

……

조만간 늑대굴과 직간접적으로 연관된 이들을 남녀노소 가리지 않고 전부 치겠대.

확실해?

엘가 매니저에게 직접 들은 거야.

젠장, 이거야 원…

……

뭘 새삼스럽게! 그건 엘가 놈들이 매번…

아뇨, 분위기가 심상치 않아요. 이번엔 다르다고요.

사실 그동안 늑대굴과 엘가 사이엔 어느 정도 암묵적인 적정선이 있었어요.

그런데 이제 행성 재건 이슈로 관심사가 몰리면서 더 이상 반동 세력의 이용 가치가 없다고 판단한 겁니다.

무엇보다 고산가와 다시 연결 되면서 걸리적거리는 행성 내 갈등 요인부터 치우겠다는 게 분명해요.

게다가 현재 귀족연합은 엘가와의 화친에 총력을 다하고 있어요.

무슨 일인가, 젊은이?

......

네?

아…

다름이 아니라 벡작님께 드릴 말씀이 있어서요.

얘기해. 잠시의 인연을 고려해 전해는 드릴게.

아, 제가 백작님을 직접 뵙고…

이봐, 이봐! 자네 지금 뭔가 크게 착각하는 모양인데.

뭐야, 너? 뭔데 어르신을 직접 뵙겠다는 거야? 무슨 자격으로?

백작님이 예뻐해 줬더니 자신이 뭐라도 되는줄 아나 봐? 주인님이 네 친구야? 원할 때 볼 수 있게?

뭔데? 응? 뭐냐? 비천한 게 어디 건방지게…

두 번 다시 엘가에 전화하지 마. 알았어?

죄… 죄송합니다. 제 무례를 용서하세요. 백작님께 면담을 요청 드리는 건

개인적인 용무가 아니라 많은 사람들, 특히 아이들의 목숨이 걸린 일이라 이렇게 염치 불고하고…

잘 들어! 그런 일로 주인님이 너한테 시간 낼 이유는 전혀 없어.

지금 어르신께 다가갈 수 있는 건 시중 드는 노예들 뿐이야.

그렇게 급하면 엘가 노예로 다시 기어들어 오든가.

사람이 지조가 있어야지. 그렇게 박쥐로 사니까…

뭘 뭐래? 하즈 님이 우리 같은 거 신경 쓸 리 없잖아.

제트가 엘가의 적진에서 위험인자들을 파악 중이라고 둘러댔지. 그러려니 하더라고. 그게 우리 입지더라니까.

아, 시끄러! 엘가에선 뭐래?

그나마 내 순발력 아니었으면…

그러니까 시치미 뚝 떼고 우린 그저 엘가의 하수인 중 하나로 해오던 일 하면 돼.

하아아… 너희가 쌓은 신뢰 덕분에 살았다. 고마워.

염병할! 엘가의 역전을 누가 상상이나 했겠냐고…

띠리리

CALL

다이크…!

반갑냐?

행성 간 이동 퀑 좀 알아봐줘.

젠장! 여기에선 할 수 있는 게 없어. 라인 코드가 안 맞아 말도 안 통하고 계좌도 불통.

얘기 못 들었어? 여기 아직 어떻게 될지 몰라.

너희 아직 멀쩡한 거 보니까 앞으로도 별일 없을 것 같다.

행성 간 이동이면 지금 부르는 게 값일 텐데… 감당할 수 있겠어?

그럼 돈 좀 빌려줘.

뭐라고? 안 들려!

내 비자금 탈탈 털면 어떻게든 될 거야. 어서!

끄응… 그 돼지 자식이 이제 눈에 뵈는 게 없는 모양이구만.

……

대장!

알아냈어?

말도 마. 지금 엘가로 몰려드는 사람들 때문에 난리야.

너도나도 이참에 줄 좀 대보겠다고.

현재 공식적으로 엘가 실무진들과 접촉하는 길은 막혀 있어.

그래?

몇 명 빼고는 전부 칼번에 있으니까. 조만간 우라노로 복귀한다고는 하는데…

그나마 그 몇 명의 실무자들과 만날 수 있는 방법은

엘가의 뒷일을 맡아오던 하수인들을 통해서래.

그중 펜타곤이라는 사보이 팀이 가장 인정받는 모양이야.

주의할 점은 그것들은 돈이 목적인 하이에나 같은 놈들이라서

상대가 누구든 이익을 볼 만한 틈만 생기면 악착같이 물고 늘어진대.

그러니까 엘가로 들어가려는 이유로 늑대굴 얘기는 빼는 게 좋겠어.

……

106

......

늘 나를 비웃던 것들이 이제 땅에 이마를 대고 조아리는 꼴이라니…

면담 요청 답변은 우라노 복귀 후 시스템 정상화 때까지 모두 보류하겠습니다.

이것들 낯짝 볼 생각하니까 벌써부터 몸이 아픈 것 같아.

역겨운 멘털 뱀파이어 같은 놈들… 징징대면서 끝까지 달라붙겠지?

후우우우…

이럴 때 가이린이 곁에 있다면…

주인님, 때를 봐서… 아프신 것도 괜찮을 것 같은데요.

응? 그게 무슨 소리야?

예, 다음 지원자.

자기소개부터 시작할까요?

엘가 매니저에 지원한 마빈입니다.

어릴 적 아버지를 잃어 유달리 자립심과 책임감이 강하게 자란 저는

모두에게 믿음을 주되, 누구도 믿지 말라는 가훈을 지키며 살아왔습니다.

활달하고 사교적인 성격으로 필요할 때 저를 위해 달려와줄 친구가 백 명은 있다고 자부하며…

107

지역 질서를 유지하고 범죄 대비에 동참하겠다는 약속,

우라노 재건 때까지 일종의 경찰 역할을 맡을 거란 말이야. 그럼 참여하지 않은 쿵은?

그야말로 불안한 치안의 원인으로 몰아서 치우거나

재건 기간 동안 엘가의 악덕을 덮어씌울 희생양으로 쓰기 딱 좋아.

난 이 공문이 엘가에서 우라노 쿵들에게 보내는 마지막 경고 메시지 같단 말야.

......

......

......

미… 미안, 가이린. 늑대굴 관련자들은 이번엔 반드시 정리해야 돼.

테러로 더 이상 애먼 사람들을 다치게 할 순 없어. 2주일 뒤에 놈들을 전부 치울 거야.

대신… 약속할게. 가이린의 마지막 요청만큼은 받아들여

거기 아이들은 다치는 일 없도록 할게.

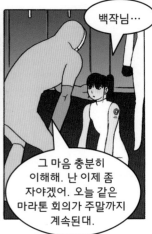

백작님…

그 마음 충분히 이해해. 난 이제 좀 자야겠어. 오늘 같은 마라톤 회의가 주말까지 계속된대.

아가씨를 숙소로 모셔다 드리게.

네, 백작님.

잘 자.

아가씨, 괜찮으시겠어요?

……

주인님.

헛! 깜짝이야! 거긴 또 언제…?

늑대굴 문제는 어쩌시려고요?

가이린이 이곳에 와 있는줄 알았다면 벌써 치웠을 거야.

그 친구 때문에 주저하고 있었는데 이제 망설일 필요 없지.

내일 당장 백경대 친구들 동원해!

내일이요? 아가씨께 말씀하신 결행 날짜와 아이들 문제는요?

가이린이 놈들에게 2주 뒤라고 전하겠지. 잠시 안도하는 타이밍을 이용해 한 놈이라도 더 잡는 거다!

아이들은 생각보다 금방 자라! 그러니 이참에 같이 제거해야 돼!

반동 세력은 행성 재건 이후 당분간은 있어선 안 돼! 남녀노소 불문하고 전부 뿌리 뽑아!

죄… 죄송합니다, 여러분.

……

……

무슨 소리야? 뭐가 죄송해? 우리가 고맙지!

넌 최선을 다했어! 아이들만큼은 지켜낸 거잖아!

그래, 가이린! 죄송할 일 아니야!

그동안 네가 우릴 위해 해낸 일들을 생각해봐! 우린 널…

그만! 오늘 대화는 여기까지! 수고했어!

틱

엘 놈의 최후 통첩이다! 2주 남았어!

……

……

이제 우리가 할 일은…

……

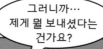
그러니까…
제게 뭘 보내셨다는
건가요?

전에 보내주셨던
테이 아가씨 물품에
숨겨져 있었어요.

그건…
받아보시고 직접
확인하시면 될 것
같습니다.

이번에 아가씨가
떠나면서 전부 소각하라고
하셨지만

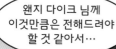
왠지 다이크 님께
이것만큼은 전해드려야
할 것 같아서…

물건은 며칠 내로
도착할 겁니다.

하늘에 맹세코
저도 모릅니다.

모쪼록
제 자의적인 판단에
불편하시지 않으면
좋겠어요.

테이는…
어디로 갔습니까?

마지막까지
수행하셨던 사제님께도
알리지 않으셨다고
해요.

저 역시
당장이라도 아가씨를
찾아뵙고 싶지만…

……

그분의 안전과 평안을
위해서는 끝까지 모르는 게
낫겠다는 판단입니다.
그럼, 이만…

틱

OFF

……

츠르르르

......

두리번 두리번

타다다닥

틱 틱 틱

띠리릭

!

대… 대장!

너…

어… 어떻게 우리한테 이럴 수가 있어?

뭐? 2주 뒤라고? 우릴 속였어! 가이린, 너! 우릴 팔아넘긴 거지?

놈들이 오늘 와서 전부… 전부 죽였어!

!

아이들까지… 남김없이!

119

순찰 지역
배정받은 후,

붉은늑대가
정규직이라면 자경단은
비정규직이랄까…

……

근무복으로 환복
하시면 됩니다.

모자란 경호 인력
보충과 치안 질서의
빠른 회복을 위한
하즈 님의 묘책.

……

또 다시
엘가의 옷으로
갈아입는 내 꼴이
좀 우스워서…

뭘 하긴? 다 먹고
살자고 하는 일상의
번거로움이지.

뭐 해? 설마
제복 입은 모습에
자뻑이라도…?

내가 지금…
뭘 하고 있는
거지?

개미는 개미답게!
일하면서 생각해!

띠
리
릭

응?

가… 가이린!
왜 그래? 무슨 일이야?

미… 미안…
전화해서 정말 미안해.

어… 어제 마… 말씀 드린 내용인데요.

$%#@&!+…

제기랄, 이게 대체 무슨 꼴이야?

아… 흠! 흠!

그… 그러니까 다… 당장은 도시 이재민들에게 필요한…

어쩌다 저런 멍청이한테 주도권을 뺏겨서…

이봐, 우리 진성들의 문제가 뭔 줄 알아? 혈통에 얽매어 사실을 못 본다는 거야.

다들 평의회 감사 때 엘을 밟겠다고?

글쎄, 8 우주에서 백작을 우습게 보는 건 아마 우라노 귀족들 뿐일걸?

어떻게 칼번 장부를 보고도 그런 소릴 하는지…

콜록 콜록

저 어색한 기침, 벌써 감사에 대비하고 있군. 우린 그를 너무 몰랐어.

하아

하아

하아

하아

……

하아아…
피곤해. 오늘은 정말이지
종일 빻여서 가루가 된
기분이야.

……

두 사람…
잘 어울리네.

그래… 그랬지.
제 아비는 내게 참
잘했는데…

가이린의 팔목을
잡고 있는 이 손…

카이저 아들…
기어코 살려둘
거야?

주인님의 오랜
약속이었잖아요.

……

여기
실린 감정이 아주
불쾌해. 목숨은 두고
이건 잘라 와.

가이린 만나게 되면
전해줘. 언제든 엘가에 다시
들어올 수 있다고.

아가씨는…?

에휴… 됐어.
싫다는데 더 이상
뭘 어째?

인간 대 인간의
인연은 여기까지지, 뭐.

대신…
이젠 노예로 팔려 오는 게
유일한 방법이야. 더 이상…
내 손님 아니니까.

그래서 말씀 드렸지 않습니까. 기다리셔야 한다고.

염병. 기차 화통을 삶아 먹었나. 아, 귀에서 피나네.

아, 모두 진정! 난 괜찮아.

아니, 그것도 어느 정도지! 2시간이 넘었잖아!

아니, 근데 이것들이 감히 공작님의…

예, 알겠어요. 기다리겠습니다.

숙

숙

숙

자네 실력을 테스트하는 기회로 삼겠네.

가져오면서 백작님 메시지 전달하는 거 잊지 말고.

……

……

스윽

끄으응…

뭐가 어쩌고 저째?

바후를 인육 시장에 팔아버린 악마랑 손잡으니까

이제 눈에 뵈는 게 없다 이거지?

행성 재건을 빌미로 우라노 자산의 외행성 유출을 막겠다니…

그동안 그 촌구석에서 흘린 내 피땀을 무슨 권리로?

엘, 이 ㄱ자식…! 내 경호대를 희생시켜 가면서 보호해 줬더니

은혜를 원수로 갚아도 유분수지. 이런 생양아치가 있나.

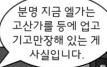

분명 지금 엘가는 고산가를 등에 업고 기고만장해 있는 게 사실입니다.

제 면담 요청에 그렇게 불손할 태도를 보일 거라곤…

근본도 없는 잡것들이 진성 귀족들을 모욕하고 있어!

엘가에 파견된 백경대 놈들만이라도 찍어 누를 수 있는 화력이 내게 있었다면 이렇게까진…

우라노 킁 감옥에 수감돼 있었다는 그 괴물 킁들과는 아직 접촉 못 했나?

최대한 빨리 만나 엘가의 백경대와 맞서도록 설득하겠습니다.

그래, 그동안 난 우라노 친구들에게서 땅이라도 좀 얻어 내야겠어.

운명공동체라더니 날 피해? 두고 보자, 이 변두리 잡놈들!

응, 게오르그 필터에
분명히 잡혀. 그것도 다수…

콩 감옥 안에 있던
사냥감들이 저기로 숨진
않았을 텐데…

뭘 고민해?
드론으로 내부
확인해봐.

오, 이게 뭐람?

!

모두… 애들이야.
대체 뭐 하는 시설이지?

콩 인큐베이터…
같은 건가?

저게 무슨 장치든
전부 콩이라면 우린
당첨된 복권을 주운
거야.

팀장이
곧 우라노로
복귀할 테니 선물로
챙겨주자고! 당장
출동해!

……

아니야!
가이린, 그만! 말도
안 되는 생각 그만하고
우선 좀 먹어!

속이 허하면
망상만 커져! 위장이
바빠져야 마음에 균형이
생긴다고.

……

아, 진짜 돌겠네!
그만 좀 하라니까!
그게 왜 네 탓…

팅

!

택배…

받아 올게.

제발…
좀 먹어! 그러다
쓰러질라.

하아아…
이러다 내 멘털 에너지까지
바닥나겠어.

미치고 환장하겠네.
혼자 내버려둘 수도 없고,
곁에 있자니 내가
죽겠고…

응?
이 밤중에 어디…
게임하러 가냐?

……

기대했던 쿵 감옥은 텅 비어 있더니만…

다들 여기 숨었나? 이건 무슨 설비람?

잡히는 신호가 한둘이 아닌데…

설마 쿵 시체 더미… 같은 건 아니겠지?

……

실험체…? 폐기된 건가?

!

아…

베레미즈 주교가 우라노에 버렸다는 설비가 이거…?!

어이, 거기 누구야?

여긴 우리가 선점했어! 상도덕상 우리 거라고!

135

어…?

쿵…
그리고 옆에 있는
것들은…

피냄새를 맡고 몰려든
하이에나들이군.

이봐, 사보이들!
선점의 개념을 정확히
모르는 모양인데

발견 순서는
아무런 의미도
없어.

누가 먼저 점령
하느냐가 관건이지.
안 그래?

그쪽이야말로
점령의 의미를 잘
모르나 봐.

달랑 셋이서 여길
어떻게 감당한다는
거야?

특별히 너희는
그냥 보내줄 테니까
어서 나가.

우린 하이퍼 쿵
사냥꾼이야. 꽤나
거칠단 말야.

아니. 여긴
양보할 수 있는 데가
아니라서.

당신들이 물러나.
다치기 전에.

우린 분명히
기회를 줬어.

그리고 그걸
걷어찬 건 당신이고.

내 말이.

좋아, 우리야
나쁠 것 없지.

판매할 아이템이
셋 더 늘어나는 거니까.

가이린, 지금부터 네가 보게 될 건 순수한 내 쿵 기술이야.

다른 외부 요건이 아닌 오직 내 기술로 발현되는 현상이야.

여기엔 어떤 속임수나 거짓도 없어.

그러니 날 믿어야 돼.

츠르륵

......

찾았다!

쑥

역시 힘으로 뜯어버리는 것보다는 깔끔하게 이걸 쓰는 게 낫겠어.

타 다 닷

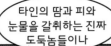

타인의 땀과 피와 눈물을 갈취하는 진짜 도둑놈들이나

이 능력은 8우주 자본주의 행성에서만 나타난대.

가진 능력이라고는 상속받는 게 유일한 유한층들이 할 말은 아니지.

하긴… 당연한 결과려나?

무산계급의 망상이라니…

그런 평가에 치환자들은 꽤 열패감을 느꼈다고 해.

실제로 큰 절도 범죄가 일어나면

공권력이 우리부터 찾았으니까.

구차한 변명이지만 그런 분위기에 휩쓸려

진짜 범죄자가 되는 경우도 많았대.

아버지가 이전 생활들을 모두 정리하고

엘 백작의 경호원이 됐던 이유 중 하나이기도 해.

그러다 치환자들에 대한 평가를 완전히 뒤바꾼 사건이 있었어.

10여 년 전에 있었던 대정전 사태 알지?

이번 우라노 사태를 일으킨 인공지능 봇들의 테러였는데

어둠에 갇힌 지 3일째, 사람들은 완전히 미쳐갔대잖아.

행성 전역에서 벌어지는 약탈과 살인, 방화…

걷잡을 수 없이 번지는 이 난장판에 모두 속수무책.

이 혼란이 멈춘 건 바로 한 치환자 덕분이었는데

그의 기술 레벨은 몇 단계 위의 것으로

이전 쿵들은 보여줄 수 없는 퍼포먼스였대.

그 영웅의 등장으로 우리에 대한 평가도 완전히 달라졌지.

우리의 목적은 내게 없는 남의 것을 탐하는 게 아니야.

남들이 잊고 있는 빛과 온기를 몸을 바쳐 전하는 것이다. 나 좀 멋진 듯.

잠깐…

!

머리카락 하나만.

뿍

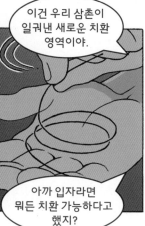

이건 우리 삼촌이 일궈낸 새로운 치환 영역이야.

아까 입자라면 뭐든 치환 가능하다고 했지?

빛도 입자야. 그런데 질량은 제로.

덕분에 거의 무한대의 광자를 끌어올 수 있어.

네가 생명의 빛을 삼키는 어둠이라고?

ㅊㄹㄹㄹ

가이린, 이게 네 머리카락 한 올이 가지고 있는 빛이야.

크아아아! 받아라!
사물 쿵 탄두다!

퉁 퉁 퉁 퉁 퉁

숙

너… 너희 정체가 뭐야?

분명히 우라노 명단에선 본 적 없어. 어디서 온 것들이냐고?

우리가 온 곳 말고 너희가 갈 곳만 신경 쓰면 돼.

태모님 품에서 영면하길, 뭇시엘.

화앗

!

……

뭐야? 갑자기 밝은 대낮…

탕

퍽

!

털썩

144

역시 오늘도 복사해서 붙여쓰기한 답변이군. 다음 달엔 송금 날짜를 미뤄서…

웃! 뭐야? 눈부셔.

응? 인기척… 벌써 돌아왔나?

누구지? 이 시간에 옥상…?

분명히 손에 흉기였어!

자경단 복장의 킬러일까? 어쩐지 지금 위에 있는 다이크 커플에게 위험한 놈일 것 같아.

145

뒤에!

콱

승

풍

끄아아아아아악…!

실명까지는
안 돼. 날 노리지
못하게 잠시
조치했어.

당신 뭐야?

퍽

콱

백작님 전언.
원하면 언제든 엘가로
다시 들어와라.

대신…
노예로 팔려오는 게
유일한 방법. 더 이상
손님 대접은 없다.

훽

털
썩

다… 다이크!

크흐으으윽…
아파! 제기랄!

147

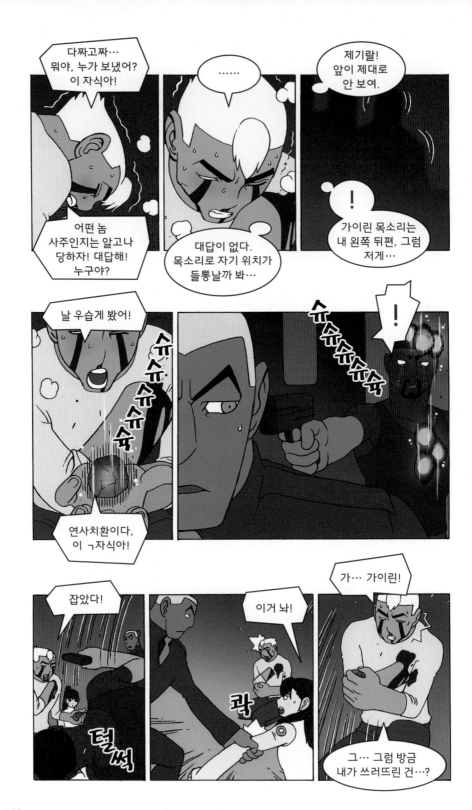

……

가이린!

다이크!

손 깨끗이 털라고 얘기했을 텐데!

뭐야, 너? 아직 우리한테 볼일이 남아 있어?

혹시 모를 후환을 남기면 안 될 것 같아.

꺄아아…!

손에 쥐고 있는 거 버려!

그러게. 그만 가려다 문득 내 얼굴이 드러난 게 생각나서.

어르신이 원한 건 네 오른손, 이제 나한테 필요한 건 네 왼손.

두 팔 똑바로 들고 천천히 이쪽으로 와.

알았어. 가이린, 넌 어때? 괜찮아?

다… 다이크! 오지 마! 난 괜찮아!

도망가! 피해!

목소리가 아래쪽에서 들려.

내 팔을 베려고 잠시 녀석을 앉혀 놨군.

그럼 어른거리는 저 두상은 분명히 놈의 것!

150

이거로군. 데바림들이 말하는 운명의 궤도.

인간의 의지로는 절대 바꿀 수 없다는.

근데 내 팔은 여태까지 몇 번을 잘리는 거야?

내 정체성의 상징이 틈만 나면 썰려.

……

하긴… 결국은 자업자득.

나는 내 일과 삶에 대해 별다른 의심 없이 살아왔어. 가끔 미래를 상상 하면서.

귀족을 지키는 개가 됐을 때, 마냥 기쁘기만 했다고.

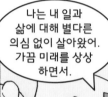

내 주변 콩들도 다들 그렇게 사니까. 인생이 별거야?

안정적인 직장, 멋진 여자친구… 그럼 된 거잖아. 뭐가 더 필요한데?

그런 안락이 가능했던 건 모두 잘난 엘 백작님의 은혜.

나는 시키는 대로 했지. 아니, 그보다 더했어.

엘에게 대항하는 반동분자들은 마치 내 원수인 양…

그게 내 일이었으니까. 거기엔 어떤 의문도 없었지.

그런데 자신들처럼 살다간 평생 도망치다 끝난다는 삼촌의 말을 이젠 알 것 같아.

엘가에 쫓겨 유일한 혈육인 엉클을 잃고도…

그 치욕을 당하고도 다시 놈들의 제복을 입고 있었어.

난 도대체 지금 뭘 하고 있는 거지? 생존을 위해서라지만 정말 이 방법 말고는 없는 걸까?

그나마 거울 앞 내 모습에 의문을 가질 수 있었던 건

다이크는…

잠잠해질 만하면 일어나는 가슴속 파문… 나는 대체 어떤 사람이지?

가이린이 내게 던진 질문 덕분이야.

어떤 사람이야?

생계에 파묻혀 한 번도 가져본 적 없던 의문. 아버지도 삼촌도 나와 같았던 거야.

이젠 분명해. 난 언제든 대체 가능한, 고장 나면 버려지는 엘가의 부품이었어.

내 모든 선택은 이미 정해진 각본대로 숨 가쁘게 돌아가고 있었어.

그런 나에 비하면 테이와 가이린, 두 사람은 그야말로 전사야.

이런 자기 객관화가 없었으니 두 사람처럼 나도 계속 운명에 쫓기고 있었던 거라고.

운명이 몰아가는 방향으로 도망치다 결국 끝나버릴 인생…

나처럼 정해진 미래로 쫓겨가는 게 아니라 자신들이 원하는 내일을 찾는.

가이린에게 가당치도 않은 훈계질을 하다 문득 깨닫게 됐어.

고마워, 친구야.

나, 다이크는 내가 원하는 미래를

운명의 수레바퀴 안으로 말려들어가고 있던 건 네가 아니라 바로 나였던 거야.

만일 가이린이 다시 내게 어떤 사람이냐고 묻는다면 이젠 이렇게 대답할래.

숙명으로 만들어가는 사람.

운명의 궤도?

해치지 않아!

아니!
난 가이린을

가
가
가
가
각

떡

가… 가이린…?!

……

……

가이린,
괜찮아?

가만있어!
총은 나한테…

탁

!

탕
탕
탕

크흐윽!

떡

제기랄!
방심했다.

탕
탕
탕

텅

탕
탕
탕

다이크,
괜찮아?

맙소사!

무슨 일이야?
거기 엉클 없어?

……

사정이 생겨서…
자세한 건 나중에.

출혈이 심해.
순간이동 쿵 좀
구해줘. 돈 없으니까
저렴한 친구로.

지금 현장에
우리 도움 필요한 거
아냐? 아론 영감에게
갈 거지?

응, 여긴 상황
종료야. 영감에겐
얘기해뒀어.

155

아… 함…

아이고, 졸려…

취침 시간에 미안한데 환자 앞에서 그런 소리는 독백으로 처리합시다.

궁금한 게 있어. 데바림들 예언이라는 거… 아주 가끔 어긋날 수도 있지?

그럴 리가. 우릴 멀로 보고.

아니. 내 말은 그러니까 아주 아주 아주 가끔 말이야. 원숭이도 나무에서 떨어지잖아.

비유하고는… 그런 예외가 가능하다면 왜 우리가 자기 죽음을 못 피하겠냐?

그런가…? 근데 여기 오기 전에 아주 이상한 경험을 했단 말야.

그걸 말로는 설명하기 힘든데… 뭐랄까…?

뭔가 한순간 정해진 궤도에서 완전히 벗어나버린 느낌?

도무지 무슨 일이 일어난 건지는 알 수 없지만…

……

ZZ…

나 치료비 떼먹는다!

하여간 남의 팔이라고 긴장감 1도 없어!

......

애먼 다이크까지…

......

그래, 내가 여기서 물러서면 사람들의 희생을 욕되게 만드는 거야.

안 돼! 그것만은. 이 한 몸 부서지는 한이 있더라도!

엘… 이 악마! 아버지가 만든 그 흉칙한 얼굴은 있는 그대로의 본모습이었어.

한때… 그런 당신에게 연민을 느낀 내 자신이 원망스러워.

노예라고…? 그래, 철저하게 네가 원하는 노예가 돼주마.

대신… 네놈도 내 노예로 만들겠어. 그래서 네가 가진 모든 걸 다 빼앗을 거야!

아, 하즈 님의 오전 미팅이 지연 되고 있네요.

잠시만 쇼파에서 기다려 주시겠습니까?

탁

선배, 하즈 님께서 알아보라고 하신 거…

응?

엊저녁에 발생한 백야 현상이요.

아, 그래. 방위국에선 뭐래?

아직 조사 중이라는데 아무래도…

……

……

포장… 까지 신경을 썼군.

의외로 상냥하다는 평가를 자주 듣습니다.

자네 손… 일이 거칠었던 모양이야?

아…

수고비는 당장 입금될 거야. 그럼 또 보자고. 고생 많았어.

저기…

?

외람되게도 잠시 매니저들의 대화를 엿듣게 됐는데요.

혹시라도 도움이 될까 해서 말씀드립니다.

엊저녁에 있었던 백야 현상…

……

158

흐음…

……

그래…

역시
그렇게 하는 게
좋겠어.

……

현재 우라노
방위국에서는 행성
재건 이슈 때문에

원인 조사 팀을
꾸리는 데만도 시간이
꽤 걸릴 겁니다.
그러니 이 틈에…

오호라…!

……

이 화이트아웃
현상 말고는 행성에
다른 물리적 충격은
없었다고?

예, 바로 그 점에
주목할 가치가 있다고
판단됩니다.

그래… 이게 만일
큥에 의한 행성 단위의
퍼포먼스라면

가장 먼저
8 우주 군수업체들이
발칵 뒤집힐 거야.

선수를 쳐야지!
당장 우라노로 현장
조사 보내!

옛썰!

……

이거…
경우에 따라선 우리
팍스 중공업, 금세기
최고의 성과가
될지도…

서두르자.

예, 이사님!

응, 우라노에서 발생한
화이트아웃 현상의 가치를
바로 확인하고 싶네.

슈슈슈

지금 당장
말입니까?

발원지를 알려줄 테니
당장 가서 정확한 원인을
규명해주게나.

현장에 남은
파편으로는 어떤
단서도 찾기
어렵습니다.

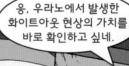

폭탄 성능은…
믿을 만한가?

!

화
아
아
앗

기억 읽는
퀑 능력을 염두에
두고 설계된 히트
상품입니다.

무엇보다 근처
현장 기억을 지우는
마무리까지 했으니
마음 놓으시죠.

끄응…

츠즈즈즈즈

젠장! 근처 현장 기억까지 모조리…

!

……

……

위잉

!

페드릭…

역시 고산도… 이걸 놓칠 리가 없지.

하긴 행성 단위의 화이트아웃 현상이 누군들 궁금하지 않겠어?

더군다나 그것이 퀑에 의한 거라고 밝혀지면 팍스 중공업 같은 경쟁업체가 가만 있을 리 없지.

혹시나 해서 놈에게 박아둔 인장은 아직 유효하겠지?

우리가 놓친다면 아무도 갖지 못하게 치우면 된다.

그나저나 다이크 녀석 정말 우리와는…

끝났다 싶으면 다시 엮이는 게 벌써 몇 번째야?

놈을 찾는 건 파견된 백경대가 눈치 못 채게…

이 일은 실적 좋은 펜타곤과 팀원이었던 그 친구에게 동시에 맡겨야겠어.

서로에게 좋은 자극이 될 거야.

……

저 꼬마처럼 내게도… 제기랄, 이 뒤통수 소켓 대체 뭐냐고?

아, 진짜… 팀장 너무하네.

드륵 드륵

몸을 제대로 못 가누겠어. 힘이 안 들어가.

우리가 언제 그런 거 따지면서 일했어?

이 큉 놈들 잡느라 우리 희생이 얼만데… 전부 폐기?

평의회가 엘가 때문에 대대적인 감사단을 꾸린다잖아. 스텐 중공업도 바짝 긴장해 있는 상태. 조심해서 나쁠 건 없지.

장난해? 사냥감에 웬 연령 제한? 아니 그럼 큉 사냥은 도덕적이야?

어서 주사제나 찾자고. 소각하기 전에 이 꼬마들 고통 없이 보내줘야지.

이런, 빌어먹을! 일대가 통째로…

누가 왜 이런 짓을…?

띠리릭

164

165

말도 마. 숙소가 아주 가루가 됐어. 대체 누구 짓인지…

넌 당분간 거기 아론 영감네에서 지내라. 다른 데 찾아볼게.

죽은 엉클이 우릴 살린 거야.

응? 무슨… 얘기야?

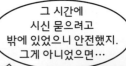

그 시간에 시신 묻으려고 밖에 있었으니 안전했지. 그게 아니었으면…

네가 엘가의 하수인에게 테러를 당하다 일어난 불상사라서…

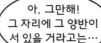

아, 그만해! 그 자리에 그 양반이 서 있을 거라고는…

아, 참! 나쁜 소식이 하나 더 있다.

이유는 모르겠는데 엘가에서 다시 널 잡겠대. 사보이, 펜타곤 팀에게 일을 맡긴 모양이야.

뭐?

하아 하아

하아 하아

하아 하아

말도 안 돼. 그런 소리 마. 내가 너라도 같은 선택을 했을 거야.

싸움은 분명히 이길 수 있을 때 하는 거랬어.

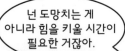

넌 도망치는 게 아니라 힘을 키울 시간이 필요한 거잖아.

더 이상 귀족들의 하수인으로 살지 않겠다는 네 목표를 응원해.

우리 누가 먼저 자기 목표를 이룰지 내기할래?

툭

좋아! 가이린에게 지지 않을 거야.

다이크, 그거 알아?

우리 운명의 궤도가 완전히 바뀐 거?

날 겨눈 총구에서 총알이 비껴나갔을 때 깨달았어.

아론 선생께 여쭤봤지. 의지로 운명을 바꿀 수 있냐고.

그런 일은 당신이 아는 한 있을 수 없다는 거야.

하지만 선생이 모든 걸 아는 건 아니라고 덧붙이셨어.

아니, 저 영감 내가 물어볼 때는…

데바림도 모르는 우주의 어떤 힘이 우리에게 작용했던 거야.

한 가지는 분명히 알겠어. 이제 우리 앞에 전혀 다른 미래가 펼쳐질 거란 걸.

앞으로 힘든 일이 있을 때마다 이 기적을 떠올릴 거야.

무엇보다 네가 입증해준 내 에너지의 잠재력… 늘 기억할게. 정말 고마워.

나야말로.

네 덕분에 날 똑바로 보게 됐는걸.

더 이상 남의 룰 안에서 끌려다니며 살지 않을래.

서로 지금보다 성장한 모습으로… 언젠가 다시 보면 좋겠다.

부디 몸 건강히 잘 지내. 행운을 빌어.

너야말로.

안녕, 다이크!

안녕…

친구야…

……

그거야 본인이 하기 나름이지.

영감, 내가 가이린과 다시 만나게 될까?

뭐? 본인 하기 나름?

그게 데바림이 할 소리야? 지금 천기누설한 거지?

칼번에는… 아는 사람 있냐?

외행성 생활 만만치 않을 텐데…

......

......

......

테이가
같이 오고 싶다고
했던 곳…

!

아, 이 가게
밀크티… 꼭 먹어보고
싶다고 했었지.

......

......

......

......

171

한달뒤

끄응…

하필이면 복구 작업
다 끝낸 동네를…

저희는 모르는
일입니다.

우라노의 일은
우라노민들이 더 잘
알겠지요?

페드릭!

옛썰!

츳   츳

한 가문을 책임진
분이 변방의 일이라고
기억을 못 하시면
어떡합니까?

그 머리,
장식용으로는
무거워 보이는데
떼어드릴까요?
다시 여쭙니다.

173

이게 무슨 짓이오? 이렇게까지 무례할 수 있는 거요?

아티카 교도소에서 탈출한 컹 흉악범들을 어떤 명분으로 모은 겁니까?

그렇게 궁금하면 내 기억을 읽어내면 될 것 아니오?

전부 지워놓고 와서는 잘도 그런 소릴… 됐어. 대답할 때까지 두들겨 패.

몸뚱이는 많이 무거울 테니 머리만 잘 포장해서 드려.

퍽 퍽 퍽

이따가 오돔가로 복귀하실 때 가져가시게.

웃…!

어이, 거기!

마빈과 아인… 이던가?

들어와. 여기 이것들 좀 가져가서 예쁘게 포장 좀 해놔.

네, 선배님!

콰 앙

웃차!

텅

사… 살려주세요! 저희가 신고한 거 아니에요!

푸하하하하… 이봐, 목숨 애걸은 좀 더 간절해야지!

우라노에서 이 나, 행성 헌터를 막을 자 그 누구냐?

롯!

차

슝

어이, 나 좀 바빠서 말이야. 뒤처리 좀 부탁해.

엘의 다섯손가락, 활약이 대단하군.

저것들을 누가 이겨? 이러다 사람들이 엘가만 추종하게 될라.

생각해보면 이거 꽤나 끔찍한 상황 아니냐?

우라노가 엘 백작의 손에 고스란히…

글쎄, 난 딱히 불만 없는데?

슈슈슈

엘가 아니었음 우리가 지금 살아 있겠어?

하긴…

꽉

아악! 내 이빨…! 야, 재밌냐?

타딱

뭐래? 내 짓 아니거든? 누가 돌멩이를…

타 타 딱

제기랄, 통신라인 겨우 하나 얻어냈는데 기억나는 건 제트 놈 전번뿐.

근데 이 자식 지금 연결이 안 돼.

안녕!

염병…!

……

여기…
이거 의외로
무겁네요

……

뭐? 내 영지에서
나오는 수익의 10%를
주기로 했다고?

예. 테러 전에
계약금부터 지불
했답니다.

하아아…
나같은 보통 사람은
오돔 공작님의 사고
방식을 도저히…

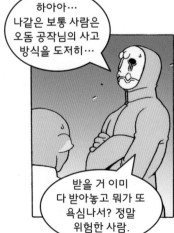

받을 거 이미
다 받아놓고 뭐가 또
욕심나서? 정말
위험한 사람.

하여 두 번 다시
이런 일이 없도록
적극적으로 조치
했습니다.

탈 나지 않게
처리하겠지?

……

너처럼 그렇게 놀다가는 놈들의 시선에 걸려.

그러니 조심해. 내 오른손을 기억하라고.

ZZZ…

ZZZ…

다행이네요. 플러그가 빠진 상태로 한 달이나 지났는데

ZZZ…

다행히 기억 소스에 치명적인 문제는 없는 것 같습니다.

삐빅 삐빅

!

이런…

무슨 일이야?

아무래도 접속 단자에 손상이 있었나 봐요.

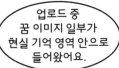

업로드 중 꿈 이미지 일부가 현실 기억 영역 안으로 들어왔어요.

그럼…?

그걸 꿈이 아닌 일상의 기억으로 인지할 거예요. 뭐, 큰 문제가 되는 건 아니지만…

꿈 내용이 지나치게 비현실적인 게 아니길 빌어야죠.

근데… 이 실험체는 앞으로 어떻게 되는 거야?

뭐… 우리엘 님껜 말씀드려도 되겠네요.

본부에 도착하면 거기 장비들로 우선 미세 기억 조정 혹은 조작에 들어가요.

실버퀵 제7지구로 보내져 택배 기사로 지내면서 여러 형태의 스트레스 상황을 겪게 만드는데

그건 메이팅된 자의식의 각성을 유도하기 위해서래요. 테스트 기간 한도는 6개월.

그 기간 내에 각성에 실패하면 결국은 이 타입의 실험체에도 종양이 생길 수 있어서 폐기해야 된답니다.

성공하게 되면 이전에 없던 레벨의 큥을 얻게 된대요. 물론 종단이 그 능력치를 임의대로 컨트롤할 수 있는.

그래서 실험체들의 기억은 모두

6개월 단위로 개인의 문제를 해결해야 하는 설정으로 조작된다고 해요.

근데…

왜 하필이면 택배 업무지? 스트레스를 통한 각성이면 굳이…

……

그… 그러게요. 왜… 택배일까요?

뭐, 어련히 알아서 고민한 결과려니… 이걸로 실험체는 전부 회수된 거지?

네, 우리엘 님. 수고 많으셨습니다.

뭐…?

다이크가 이미 우라노를 떠난 것 같다고?

펜타곤이 모든 방법을 총동원했지만 지난 한 달 동안 어떤 단서도…

그걸 왜 지금 보고하는 건가? 그동안 현장 확인 안 했어?

아… 최대한 그 친구들 업무에 편의를 봐주라고 하셔서…

179

아니지! 쏴버릴 거야가 아니라 당장 쏴버려! 어차피 이것들…

히익…!

텅

우왓! 진짜로 쏘고 있어!

저것들 완전히 돌아버렸나 봐. 어떡해…

보안국장 명령이다! 지금은 통제 불능 상태, 관리자 전원 탈출해!

잠금 장치가 풀려 있는 배들을 이용한다!

텅

본부 통제가 가능한 탈출선 격납고는 이쪽 입니다!

가는 날이 장날이라더니 하필이면 시찰 당일 폭동이라니…

대체 이것들은 어디서 전사체를 제압 하는 장비를…?

!

반장!

아, 매니저님!

아, 보안국장… 님이시죠?

자네들은…?

아, 저는 반장 에드레이라고 합니다! 테러범들과 맞서서 싸우는 중이죠!

너무 심려 마세요! 제가 지켜드릴게요!

보안국장이면 최고위 간부…

인질로 꽤 요긴하게 쓰일지도…

183

아, 뭐냐고?

날 어디로 데려가는데?

어서요!

......

뭐야, 저 사람... 죽은 거 같은데?

끄으아아아아…!

크흐으으윽…!

크윽! 냄새... 지혈은 이걸로 충분해. 됐냐, 꼬마?

진글 진글

저분 스카프로 상처를 묶도록 해요!

아, 다짜고짜 왜 명령이야? 내가 왜 그래야 하는데?

하아

하아

하아

정말 고마워요.

이러고 있을 때가 아니야. 당장 격납고로 가서 화물선으로 탈출해야 돼.

탈출이... 가능할까요?

그럼…? 여기 있다가는 개죽음이야.

촷

탈출?
누구 마음대로…?

……

폭발을
일으킨 장소가 정확히
일치하는군.

이는 테러범들이
복구 공사가 덜 끝난
본부의 취약점을 골라
노렸다는 거야.

몇 해 전,
교차 공간을 넘어온
하데스 일당이

종단 본당과 고산가,
그리고 실버퀵 제7지구를
공격했지.

놈이 고산가를
건드린 건 우리로선
정말 다행이었어.

종단 화력만으로는
놈들에게 계속
밀렸거든.

고산 공작의
백경대가 개입한
덕분에 테러는 바로
진압됐으니까.

염병할!
하데스 사태에
대한 책임을 물어
감찰국장에게

행성 가이아행 징벌이 내려진 걸 감안하면

이 폭동으로 내겐 어떤 조치가 떨어질지…

…어떤가? 그 화기에서 단서는 좀 읽히나?

츠즈즈즈

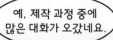

예, 제작 과정 중에 많은 대화가 오갔네요.

츠즈즈즈

팀 애플, 설계도, 에브라임 쾅의 솔브레인 코어…

하데스 일당에 의한 피해 복구 현장에서

테러 팀이 발견한 건 냉동 보관 중인 연구용 쾅 사체들이었는데

그중 에브라임 쾅, 크라잉 대디의 머리뼈를 잘게 나누어

부스터 건의 핵심 부품으로 썼다는군요.

티딩

UNLOCKED U
UNLOCKED U
UNLOCKED U
UNLOCKED U

!

이런, 택배선들의 잠금장치가 전부 풀렸다.

안 돼. 놈들이 저런 무기를 들고 밖으로 탈출해 버리면…

야와는…?

지금 어떤 상태지? 본부 통제 시스템과 연결이 여전히 끊겨 있는…

…건 아니고 과부하로 고생 좀 하겠군.

하긴 지금 전력을 다하고 있을 터.

아, 나올 때 보니까 비상 탈출선이 하나 남아 있던데…

아직 탈출 못 한 관리자가 있나?

타 다 닥

하 아

하아

아, 나옵니다.

오케이, 이걸로 관리자 인력들은 모두 탈출한 걸로 간주하지.

츠잉

타 다 닥

퉁

!

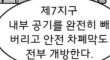

제7지구 내부 공기를 완전히 빼 버리고 안전 차폐막도 전부 개방한다.

놈들이 남아 있는 택배선의 작동 코드까지 풀기 전에.

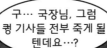

구… 국장님, 그럼 쾽 기사들 전부 죽게 될 텐데요…?

저것들은 대가를 치러야 된다고!

쾽 기사라니? 저 폭도들은 전부 테러범들이야! 정신 차려!

187

ㅋㅎㅎㅎ…

드디어 지옥에서 벗어났다!
빌어먹을 종단 놈들아,

드디어…

이제 내 본체를
찾으러 가주마!

어이, 모두
꼼짝 마!

뭐? 테러범?
대가를 치러? 공기를
빼 버린다고?

이봐, 늦었어.
이미 작동 스위치를
눌러 버렸다고.

당장 그만둬,
이 미친놈들아!

바로 끄면
되잖아!

와서 화면을 봐.
이게 되돌릴 수 있는
상황인지.

……

총 내려놔.
그 용기를 높이 사서
자네만큼은 살려줄
테니까.

그 총 내려놔.
어서!

이… 이런
제기랄!

이건
태모님의 이름을
걸고 하는 약속이니
믿어도 돼.

……

염병할!
대체 왜이래?

이럴 여유 없어.
진압 인력들이 오기 전에
여길 떠야지. 안 그래?

사보이라며?
그것도 쿵이면서?

이봐, 뭔가
사연이 있는 모양인데…
오해야. 난 그런 일
한 적 없어.

기억 읽어주는
친구가 네가 어떤
놈인지 내게도
보여줬어.

!

커어억…!

하악…!

켁… 켁…

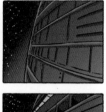

……

철저히
진상을 파악해서
다시는 이런 일이
없도록 하겠습니다.

아니야, 잘했어.
자네 판단이 옳아. 이런
비상사태에 적절한
조치야.

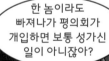

한 놈이라도
빠져나가 평의회가
개입하면 보통 성가신
일이 아니잖아?

그런데…
아직 해결할 일이
남아 있다고?

189

네, 총무주교님. 폭도들이 준비한 전사체 대항 무기 건인데요.

그래, 그 화기 제작자들은 꽤 쓸만 할 테니 우선 잘 회유해봐.

예, 그럼…

철저히 조사해 관련자들을 전부 잡아들이겠습니다.

실버퀵 제7지구 폐쇄라… 계획보다는 이르지만 아쉬울 건 없지.

베샤카의 아침 프로젝트는 모두 마무리 됐으니까.

……

……

……

……

……

……

아…

190

제7지구 구역 내 모든 쿵 기사들은

전원 사망했습니다.

저… 전원 사망? 아… 안 돼!

이… 이건… 옳지 않아!

후으으으…

수고 많았네.

사체 처리팀은 따로 구성할 테니까 일단 관리자들은 숨 좀 돌려.

동행한 쿵 기사 세 사람은 어떻게 할까요?

일단은 실버퀵과 연관된 모든 기억을 지우도록 해.

개인의 능력치를 최대한 발휘할 수 있는 곳으로 배치해서…

그래, 그 친구들 각자 어떤 기술을 가졌지?

우선… 반장 에드레이는 손뼉치기 타격 능력을 가졌고요.

손뼉치기 타격…?

직접 손대지 않고 타깃에 충격을 주는 염동력의 일종인데요.

전력을 다하면 바퀴벌레 한 마리 정도… 잡을 수 있는 수준입니다.

아마도 제7지구 큉들 중에 가장 소박한…

……

그리고… 수습 단계인 훈이라는 친구는…

잠깐만! 방금… 반장 이름이 뭐라고?

에드레이… 라고 하는데요.

에드레이…?

오, 맙소사! 말도 안 돼!

내가 어떻게 그 이름을 잊고 있었던 거지?

그 친구 지금 환복한 상태인가?

네? 네… 숙소 배정을 받았으니 아마도…

아… 안 돼! 이런 멍청이 같으니… 난 대체 뭘 한 거야?

당장 안내해! 그 친구 숙소가 어디야?

구… 국장님, 저기 속옷부터…

지금 그런 게 중요한 게 아니야!

놈을 혼자 있게 두면 절대 안 돼!

실버퀵 유니폼을 입지 않은 상태라면 더더욱!

흐윽…

이 모든 게…
내 탓이야. 내가
먼저 테러 의도를
발견했다면…

에이,
또 그러신다.
정말 계속 이러실
겁니까, 반장?

그게 어떻게
당신 탓이에요?

테러를 일으킨
나쁜 사람들 책임이죠.
감사함도 모르는
뻔뻔한 인간들…

난리통에 종일
몸과 마음 쓰느라
지쳐 있어요.

이제 좀 쉬도록
하세요.

제가 바로
옆방에 있으니까
힘들면 언제든 불러
주시고요.

드륵

으응, 고마워…

탁

……

……

국장님, 제가
에드레이라는 친구를
잘 아는데요.
도대체…

그래, 놈은
8우주 역사상
가장 위험한 쿵들 중
하나지.

예?

저기… 아무래도
동명이인을 착각하신 것
같습니다. 반장은
정 많고 상냥한…

바로 그 정 많고
상냥한 게 문제라고!

아, 그럼 혹시…
심리적 자극으로 각성하면
타격의 범위가 확장돼

한 번의 손뼉치기로
행성 하나를 통째로 파괴하는…
뭐, 그런 종류인가요?

아니. 아무리 각성해도
타격의 크기에는 변함이 없어.

행성 파괴?
내가 겨우 그런 걸로
이렇게 발가벗고
뛰겠나?

……

역시 이해가
안 되는데요.

그럼 대체…
어떤 점이 위험한
것인지…

분명히 에드레이의
펑 기술은 언뜻 하찮게
보여.

누구라도 그렇게
생각할 거야.

크읍…

우리도 그 기술의
실체를 전부 파악하는 데
시간 좀 걸렸지.

지금 생각하면
아찔한 순간이 한두 번이
아니었어.

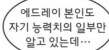

에드레이 본인도
자기 능력치의 일부만
알고 있는데…

그럴 수밖에.
다른 차원에서 자신을
관찰할 수 있는 게
아니니까.

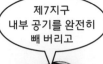

제7지구 내부 공기를 완전히 빼 버리고

놈들이 남아 있는 택배선의 작동 코드까지 풀기 전에.

큉 기사라니? 저 폭도들은 전부 테러범들이야! 정신 차려!

안전 차폐막도 전부 개방한다.

구… 국장님, 그럼 큉 기사들 전부 죽게 될 텐데요…?

저것들은 대가를…

짝

웃! 뭐… 뭐야? 정전기…?

어이, 모두 꼼짝 마!

괜찮으십니까, 국장님?

……

타 다 닥

타 닥

띠 리 릭

열렸다!

작동 코드 풀렸어! 본부 내 모든 기사들에게 알린다!

지금 당장 전원 남아 있는 택배선에 탑승해! 다시 알린다! 본부 내 모든…

196

아니야. 이런 방식 옳지 않아. 얼마든지 대화로…

아, 시끄러! 그런 헛소리 듣기 싫다고!

에라!

빠박

꺄항…!

이봐,

뭔가 사연이 있는 모양인데…

오해야. 난 그런 일 한 적 없어.

기억 읽어주는 친구가 네가 어떤 놈인지 내게도 보여줬어.

이건 다이크가 고산가에서 생환한다는 보장이 없으니

우리가 대신 하는 심판 정도로 생각해…

!

콰직

심판? 너희가? 무슨 자격으로? 응? 오지랖도 유분수지…

왜 다들 그렇게 다이크만 좋아해? 내가 너희랑 훨씬 더 오래 있었잖아!

크흐윽…!

녀석이 정말 덴마의 본체인지 과거를 모두 읽어 봤으니까.

197

그런 이유로 우주를 떠돌고 있는 놈이라면 누군들 신뢰하지 않겠어?

고산에게 가겠다고 목숨 걸고 나선 걸 보라고! 너와는 달라!

개소리! 감히 지금 누가 누굴 판단해?

고작 그런 이유로 제 인생 낭비하는 그 멍청이가 나보다 낫다고?

놈이 정말 고산한테 갔을 것 같냐? 천만에! 이때다 싶어 알머리랑 벌써 튀었어!

뭣도 모르는 것들이… 이건 시건방진 평가질의 대가다!

퍼억

잘 가라, 등신아!

작동 코드 풀렸어! 본부 내 모든 기사들에게 알린다!

지금 당장 전원 남아 있는 택배선에 탑승해!

다시 알린다! 본부 내 모든…

크흑…

오케이! 항로 좌표 설정!

목적지는 평의회 8우주 인권위원회!

근데… 거기서 우릴 내치면 어떡하지?

아, 그래서 다이크란 친구가 고산가로 간 거잖아!

8우주 어디에 숨더라도 실버퀵은 우릴 반드시 찾아낼 거야!

그러니 이 방법 말고는 없어!

가자, 평의회로!

......

푹

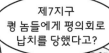

제7지구
쿵 놈들에게 평의회로
납치를 당했다고?

이런 한심한
영감탱이 같으니!
사태 수습되는 대로
보안국장도 발락처럼
가이아행이다!

저기…
아그네스 주교의
아버지를 그렇게
징벌하시면…

총무 주교님
신변의 안전이…

짝

너 지금 날
누구로 아는 거야?

내가 그깟
새내기의 눈치를 봐야
한다고 생각했어?
이런 미친…

당장
아그네스에게
전해!

실버퀵 사태를 빨리
수습하면 보안국장을
가이아행 처벌로만
끝내겠다고!

199

204

1년 뒤, 태모신교 의료국

······

우리 종단 의료국이 결국 해냈네. 태모님의 성은지.

8 우주가 고대하던 역병 완치제야.

이제 막 평의회 보건국에 승인 요청했어.

일반인들이 접하려면 앞으로도 몇 년은 더 기다려야 하지만…

자네의 경우라면 우리가 융통성을 발휘해야지 않겠나?

이델 군에게 맡길 일이 있어서 의료국장에게 한참을 졸랐다네.

가… 감사합니다. 정말 감사합니다. 무슨 일이든 하겠습니다. 말씀만 주시면…

여기 이 친구… 자네도 만난 적이 있지?

틱

종단 방위국에서 비밀리에 찾고 있는 녀석이야.

부서 간 소통이 원활했다면 이런 번거로움은 없었을 텐데…

실버퀵에 있었다는 걸 우리도 최근에 알게 됐고 뭐가.

주교님들 알력 싸움에 애먼 우리만 고생이야.

다이크라는 이 친구, 신분 세탁해서 한동안 잠적해 있었는데

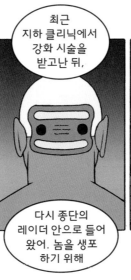

최근 지하 클리닉에서 강화 시술을 받고난 뒤,

다시 종단의 레이더 안으로 들어 왔어. 놈을 생포 하기 위해

입이 무거운 실력자들에게 일을 맡겼는데 번번이 실패…

다시 적격자를 수소문하던 중에 자네에 관해 듣게 됐다네.

내키지 않으면 거절해도 좋지만 일을 맡겠다면 조건이 있어.

가이아에 계신 삼촌에겐 이 일을 알리지 않았으면 해. 무슨… 의미인지… 알겠나?

아, 걱정 마세요. 그곳 노예로 사느라 무척 바쁘거든요.

그리고 다이크라는 친구 반드시 생포해 올게요.

그… 그럼 이제…

데바님… 깨어나실 수 있는 거지요?

행성 가이아

훼!

쩍

우와아아아…!

발락이 이겼다! 정화 학원을 지켜냈어!

발락!

발락!

발락!

발락!

이번에도 해냈습니다! 이제 명실공히…

각성 모드 테스트는
이걸로 끝내고

......

오케이!

일상 모드로 전환해서
바로 마무리해봐.

좋아! 이로써
마지막 난관이던
전투 레벨 제어장치의
안정성은 충분히
확보됐어.

그럼… 이제 여기
남아 있는 실험체들은
어떻게 할까요?

성장 속도를
최대한 올려! 지금부턴
덴마의 성인 버전이
필요하니까!

후으으…

몸이 무겁군.

어쩌긴. 어린
아이의 외양으로는
현실적인 제약이
너무 많아.

옛썰!

목욕물
준비했습니다.

아, 그간의 피로가
한번에 밀려오는 것
같아.

......

......

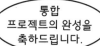

통합 프로젝트의 완성을 축하드립니다.

응? 아, 그래… 고마워.

평생 하나를 이루기도 어려운데 두 가지를 한꺼번에… 정말 대단하세요.

ㅎㅎㅎ… 운이 좋았지. 그런데… 자넨 그걸 어떻게 알고 있는 거야?

모두들 주교님을 응원하고 있는 걸요. 차기 대주교님께 사인 한 장 받을 수 있을까요?

ㅎㅎㅎㅎ… 대주교라니? 누가 들으면 어쩌려고?

이거 내가… 왜 이러지? 뭔가 어색해. 약간 어지럽군. 그래, 뭐라고 써줄까?

'로뎀에게, 복귀를 축하합니다' 라고 부탁드려요.

로뎀? 애인이야?

아, 저희 아버지세요.

그래, 내 이름의 좋은 기운이 자네 부친께도 전해질 거야.

감사합니다, 주교님.

!

목욕물 성분 때문에 몸을 제대로 가누기가 많이 어려우실 거예요.

발버둥칠수록 빨리 가라앉게 되니까 차분히…

뭐… 뭐야, 이거? 밖에 누구 없나?

수호사제들은 모두 잠들어 있는걸요.

수

태모님 품에서 영면하시길…

뭇시엘!

띠
러
럭

!

주교님, 다짜고짜 죄송합니다. 통화 가능하십니까?

아, 이사님! 무슨 일이세요?

종단 의료국에서 역병 완치제가 개발 됐다던데…

사실입니까?

그렇지 않아도 직접 찾아뵙고 드릴 말씀이 있습니다.

허락하신다면 오늘 오후에 바로 찾아 뵙고 싶은데요.

네, 오후 일정 전부 비워놓고 기다리겠습니다.

알겠습니다. 이따 뵐게요.

슈!

팅

네, 아그네스 주교님!

오늘부터는 내가 네 주인이다.

……

주… 주교님…

무… 무섭고 두렵습니다.

……

이리 데려와.

옛썰!

슈슈슉

사람마다 머물러야 할 영역이 있어.

슈, 네가 만일 그 울타리를 넘는 것 같으면 내가 미리 경고해줄게.

네가 다치는 일 없도록. 알겠지?

네… 주교님…

쪽

내 주변에서 일어나는 일들은 모두 상부에 보고되고 있어.

그 어떤 일도 승인 없이는 진행이 안 돼.

그러니 마음 편히 임무에 충실하면 돼.

아…

덴마 프로젝트로 통합된 베샤카의 아침, 프리젠테이션용 자료 가지고 있지?

네… 네!

당장 내 계정으로 전부 옮겨놔.

그나저나 이제 곧 아슬린 아가씨…

네?

응, 우리 아슬린의 스무 번째 생일 선물로 적당할 것 같아서.

스무 번째 생일이네요.

이도대학 경영학과 입학이요?

왜? 마음에 안 들어?

그럴 리가요. 거긴 8우주 최고 킹카들의 집결지…

감사해요, 이사님! 공부 열심히 할게요!

네! 반드시 이 집안에서 필요로 하는 사람이 될 겁니다!

ㅎㅎㅎㅎ… 다양한 목표를 가지고 모이지.

연애도 열심히 해야 돼. 그래야 쓸 만한 인간이 되지.

아, 훌륭한 태도야. 역시 복받을 자세가 돼 있어.

이사님, 주교님 오셨습니다.

……

이… 이건…

아, 그래.

저는 처음 접하는 내용이군요.

216

투자 유치를 위해 사업 초기에 선대 공작님께만 잠시 공개됐던 겁니다.

이후 불필요한 편견이나 불안이 생길 걸 우려해 종단 제1급 기밀 중 하나로 분류됐습니다.

바이러스 쿵이 발견된 건 오래전 일입니다만

그 단위에서는 전사체가 형성이 안 됐기 때문에 연구가 어려웠습니다.

그러다 파우스트 박사의 양자 공진을 이용한 전사체 효과가 발견되면서

바이러스 쿵 제어 가능성이 활짝 열렸는데요.

우주 역병은 이런 제어 과정 중에 생긴 일종의 오류였습니다.

무수한 시행착오 끝에 마침내 종단은 통제 가능한 이른바 만능 바이러스 쿵, 베샤카를 얻게 됩니다.

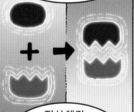

인체에 말썽을 일으키는 바이러스를 만나면

전사체가 쿵과 결합해 오류를 해결하듯 문제를 제거하죠.

실버퀵 제7지구의 가장 중요한 임무 중 하나는

질병으로부터 자유로운 쿵들을 이용해 베샤카를 8 우주 곳곳에 퍼뜨리는 것이었습니다.

바로 택배 상자 표면에 코팅된 상태로 말이죠.

행성 출입국 위생 심사가 까다롭다지만 베샤카 검출은 당분간 어려우니까요.

코팅제와 함께 대기 중으로 승화된 베샤카는

호흡기를 통해 8 우주민들에게 널리 퍼져나갔습니다.

빠른 자가증식으로 현재 이 우주의 거의 모든 생명체들은

그야말로 베샤카의 숙주가 됐다고나 할까요?

……

흠! 흠…

분명히 전에 없던
수익 구조가…

그럼…
통합 프로젝트의
지향점이란 건…

덴마와 베샤카,
두 개를 결합한 덴마
프로젝트의 목표는

거시 세계와
미시 세계를 통합한
8우주 정복인
셈이죠.

앞으로는
이 일을 제가 맡게
됐습니다.

오, 그럼 우리에겐
더없이 좋은 일이군요.

아울러 제겐
새로운 임무가
주어졌습니다.

보수 중인
실버퀵 제7지구는
완전히 분해돼서

교차 공간
게이트로 재조립
됩니다.

이제 종단은
그곳을 통해 덴마
프로젝트와 함께

8우주 밖으로
진출하게 될 겁니다.

……

麥

……

슉

……

……

치잇…!

……

저것도 광신도들이 보냈겠지?

역시 마취탄…

멍청이들이 그렇게 당하고도 무슨 자신감이래?

설마 또 한두 놈 보낸 거냐? 날 잡을 거라면 떼로 덤벼!

우웃!

어? 저 기술은…

222

신의를
지키지 못해서
미안하고

날 좋아해줘서
정말 고마웠다고.

……

왜? 너도 내가
8 우주를 헤매는 이유가
우습냐?

천만에!
충분히 그럴 만한
동기야.

사과와 감사의 마음
전하는 거… 아름다운
가치라고 생각해.

두 번째
이유는…

내가 무작정
강화 시술을
받게 된 계기
이기도 해.

고산…

고산 공작?

그 자식에게
어떤 형태로든
복수하고
싶어.

그저 운이 좋아
귀족으로 태어난
게 전부이면서

생존을 걸고
발버둥치는
사람에게 그런
모멸감을 줘?

덕분에
목숨을 건졌으면서
감사할 줄도
모르냐는

멍청한 속물들도
같이 엿 먹이고 싶어.
역겨운 노예들.

지금도 그때만
생각하면 치가
떨린다.

그놈 때문에
무조건 강해지려고
지하 클리닉을 찾아
간 거야.

아직 구체적인
방법은 모르겠지만

그 치욕은…
반드시 되갚아
줄 거야!

그… 그만!
개인 사정은 여기까지.
들을수록 심란해진다.

누가 시작했는데?
그러길래 안부 같은 건
왜 물어봐?

223

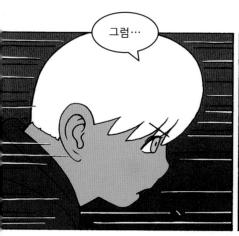

마침.

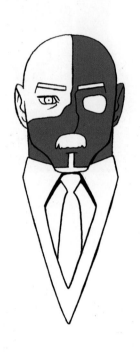

DENMA 18

ⓒ 양영순, 2020

초판 1쇄 인쇄일 2020년 5월 21일
초판 1쇄 발행일 2020년 5월 28일

지은이   양영순
채색   홍승희
펴낸이   정은영
편집   고은주 정사라 문진아

펴낸곳   ㈜자음과모음
출판등록   2001년 11월 28일 제2001-000259호
주소   (04047) 서울시 마포구 양화로6길 49
전화   편집부 (02)324-2347, 경영지원부 (02)325-6047
팩스   편집부 (02)324-2348, 경영지원부 (02)2648-1311
E-mail   neofiction@jamobook.com

ISBN 979-11-5740-335-6 (04810)
     979-11-5740-100-0 (set)

이 책에 실린 내용은 2019년 3월 27일부터 2019년 9월 8일까지 네이버웹툰을 통해 연재됐습니다.